El Canto de la Sirena

y

otras Historias de Confín

VARDA FISZBEIN

El Canto de la Sirena

y

otras Historias de Confín

EDICIONES OBELISCO

Si este libro le ha interesado y desea que le mantengamos informado de nuestras publicaciones, escríbanos indicándonos qué temas son de su interés (Astrología, Autoayuda, Ciencias Ocultas, Artes Marciales, Naturismo, Espiritualidad, Tradición) y gustosamente le complaceremos. Puede encontrar nuestro catálogo en: http:/www.edicionesobelisco.com

Colección Obelisco Narrativa

EL CANTO DE LA SIRENA Y OTRAS HISTORIAS DE CONFÍN
Varda Fiszbein

Primera edición: abril de 2001

Diseño portada: Ricard Magrané, sobre una ilustración de Mabel Piérola

© by María Rosa Fiszbein, 2001 (Reservados todos los derechos)
© by Ediciones Obelisco, S.L. 2001
(Reservados todos los derechos para la lengua española)
Edita: Ediciones Obelisco, S.L.
Pere IV, 78 (Edif. Pedro IV) 4ª planta 5ª puerta
08005 Barcelona - España Tel. 93 309 85 25
Fax 93 309 85 23
Castillo, 540 - Tel y Fax 541-14 771 43 82
1414 Buenos Aires (Argentina)
E-mail: obelisco@airtel.net
Depósito legal: B-12.272-2001
ISBN: 84-7720-805-0

Printed in Spain

Impreso en España en los talleres gráficos de Romanyà Valls, S.A.
Verdaguer, 1- 08786 Capellades (Barcelona)

Para mis hermanos Felipe y Dov
por nuestras semejanzas
por nuestras diferencias
por nuestro mutuo amor interminable.

1
La Memoria de Rosaclara

La invasión de los DictaBordes

La bella Rosaclara fue la única que nunca recordó la parte triste de esta historia. Sucedió en un lugar llamado Confín que se hallaba rodeado de mar por tres de sus lados y se unía a tierra por una delgada vereda.

Había sido un reino luminoso, habitado por gentes laboriosas y alegres, regido por leyes y reyes justos, pero se había convertido ¡ay! en un lugar sombrío y desierto, que parecía dormir un sueño melancólico y polvoriento.

Pasó lo que pasó porque el rey sufrió un ataque de tristeza, que aprovecharon los DictaBordes para invadir Confín, imponiendo su orden que lo desordenó todo.

Llegaron por la noche, y lo primero que hicieron a la mañana siguiente fue ahuyentar a los pájaros que cantaban en las frondas, despedir al campanero real que medía las horas del tiempo, y amarrar las campanas de la escuela para que ningún sonido habitara el aire.

Luego, desviaron el río para secar la fuente pública, centro de charlas y risas, y apagaron la lumbre que desde siempre ardía en la plaza, para que nadie encontrara allí calor.

Después le tocó el turno a la gente. —*El día para dormir* —dijeron—, *y las noches para laborar, confinenses. Deberéis dormir en las mesas y comer en las camas*—. Andar, debía andarse hacia atrás y, si los DictaBordes le hablaban a alguien, no se los podía mirar.

Debían desaparecer las flores de las calles y plazas, cerrarse la escuela y, por sobre todo, olvidar la vida de antes y obedecer siempre a los poderosos DictaBordes.

¿Pero quiénes eran estos seres? Los DictaBordes siempre vestían con ropas de color gris, ni cantaban ni soñaban y sus voces, chillonas y ásperas, asustaban a los niños y a las mariposas.

Con la vida cambiada del revés, los vecinos de Confín vivían una época de desconcierto y se enredaban en sus tareas cotidianas a la luz de las velas, obedeciendo las crueles normas impuestas por los DictaBordes.

Muy pocos niños nacieron entonces y muchos confinenses mayores desaparecieron para no volver... Por último, los DictaBordes borraron Confín de mapas y cartas de navegación, al tiempo que ahuyentaban a los barcos y caravanas que quisieran acercarse por mar y tierra. De haber podido, hubiesen detenido el tiempo y el aire y hasta apagado el sol, pero, claro está, que esto no pudieron hacerlo.

Las esperanzas de Aurora

En el sol pensaba mucho Aurora y en el hermoso reloj de sol que recordaba haber visto en la plaza de Confín, cuando muy pequeña aún, la llevó allí su abuelo, Antonio el estrellero, antes del tiempo de los DictaBordes.

Hasta donde alcanzaba su memoria, Aurora sólo había conocido la compañía de su abuelo Antonio. Nada sabía de sus padres a quienes suponía en un país lejano. Había personas en Confín que creían que la niña había aparecido misteriosamente en la puerta de la casa del estrellero, dentro de una cesta cuando era un bebé. Esto habría coincidido con aquella oportunidad en que pasó una caravana de mercaderes que vendían exóticos perfumes, ricas telas de oriente y especias desconocidas.

A esta suerte de leyenda, contribuía el hecho de que Aurora dejaba siempre al pasar una estela de perfumes exquisitos y difíciles de reconocer, que tanto molestaban al olfato de los DictaBordes.

Ambos habían sido muy felices juntos. El abuelo porque tenía compañía y consuelo en su vejez y Aurora porque le gustaba mucho tener un abuelo que sabía interpretar los sueños y presentir acontecimientos por venir.

Pero llegó un día en que el abuelo se marchó y Aurora supo sin buscarlo que no debía esperar por él. Se quedó con la más preciosa de las herencias, las enseñanzas de Antonio para moldear artísticas figuras de barro, que los DictaBordes le habían prohibido que hiciera, y el don de leer el futuro en los sueños, aunque nadie le pidiera ahora que los leyese. Sin embargo, pese a que la vida en Confín parecía detenida y a que a veces se encontraba sola y asustada, Aurora mantenía la esperanza. Tenía el presentimiento de que algo que iba a pasar pronto cambiaría las cosas y volverían los buenos tiempos.

Donde se escriben los sueños

Tal vez por casualidad o como respuesta a los deseos de Aurora, una mañana el rey despertó mientras Confín dormía, y recordó que había tenido un sueño. Animado por primera vez en mucho tiempo, se calzó las zapatillas de andar paseando, se encasquetó la corona de diario y salió sigilosamente de palacio.

Confiados en el temor que sentían los confinenses, los DictaBordes dormían y no advirtieron los movimientos del rey. A su paso por las calles, éste sólo vio la desolación y el abandono, ninguna alegría ni sonido acompañó sus pasos, que lo fueron llevando a casa de Antonio, el estrellero.

Aurora no se asombró al verlo llegar y antes de que tocara la puerta le abrió y, en lugar de saludos y reverencias, lo tomó de la mano y lo condujo hasta la mecedora de Antonio que le pareció el asiento más adecuado para él.

Sin explicaciones, el rey comprendió que no debía preguntar a la niña por su abuelo y decidió confiarle a ella la tarea de interpretar su sueño.

—Pero —dijo Aurora— *necesito el cojín en el que descansó tu cabeza, majestad. Es allí donde los sueños quedan escritos.*

Salieron ambos con gran cuidado para evitar a los DictaBordes de la guardia. Aurora, muy contenta, volvía a estrenar la maravillosa sensación de ir andando hacia adelante, acompañada de un anciano que le recordaba a su abuelo, a quien tanto echaba de menos.

Ya en la cámara del rey, Aurora leyó en el cojín en que
había descansado la real cabeza, como en un libro: «Alguien llegará para devolvernos el tiempo y el fuego, la luz
al despertar y el cantar del agua».

—*Y cuándo, ¿cuándo será eso?* —preguntó ansioso el
monarca.

Aurora contestó sin pensar mucho: —*Llegar, mi rey, ya
ha llegado; lo demás será cuando recuerde la princesa.* Al oír
estas palabras, el rey fue presa del abatimiento nuevamente,
ya que el origen de su mal estaba en la extraña enferme-
dad que aquejaba a su hija. La princesa Rosaclara había
sido víctima del ataque del terrible Segismundo, un maligno duende, señor de los DictaBordes que invadieron
Confín.

Una antigua profecía

El abuelo de Aurora, estrellero y buen amigo del rey, lo predijo cuando nació la princesa. Durante la fiesta que siguió al bautizo, al preguntársele cuál habría de ser el porvenir de la heredera, anunció: *Rosaclara tendrá una infancia feliz y ningún mal recuerdo enturbiará sus pensamientos a lo largo de toda su vida. Encontrará el amor en el extranjero o amará a algún foráneo. Será correspondida y dichosa. Pero habrá que cuidarla* —terminó pensativo— *de los frutos secos.*

Esto último fue considerado un mal presagio menor, interpretado por los padres de la princesa a su manera, por lo que dieron muy precisas instrucciones a nodrizas y cocineras para que nadie diera de comer esos frutos a Rosaclara porque podrían resultarle indigestos.

Sin embargo, como el tiempo vino a demostrar, Antonio tenía razón, aunque los males de la princesa no provendrían de comer o no comer frutos secos.

Porque sucedió que un día en que Rosaclara se columpiaba en una rama del añoso roble de la plaza de Confín, Segismundo, señor de los DictaBordes, le disparó una nuez de extraño color y forma que, al tocar su sien, borró al instante toda su memoria. Hecho esto, el malvado arrojó la nuez al mar, para que nunca, nunca se recuperara la princesa.

Claro que nadie recordó la profecía de Antonio, porque no se supo lo que le había ocurrido a Rosaclara. Simplemente enfermó.

Todo fueron dolores para Confín después de este suceso. La reina murió de pena por su hija y el rey se sumió en una inmensa apatía, por lo que conquistar el reino, en esas circunstancias fue para los DictaBordes y su amo cruel, tarea fácil y rápida.

Dos forasteros llegan a Confín

$\mathcal{M}$ientras Aurora interpretaba el sueño del rey, dos forasteros hacían su entrada a Confín.

Su llegada no había sido planeada, sino que fue fruto de la observación incorrecta de mapas y hojas de ruta y de la lectura confiada de una brújula que el calor había estropeado.

Los recién llegados eran dos curiosos personajes: Zaffir, un moreno de sonrisa deslumbrante y llamativo tocado en la cabeza, que llevaba una armónica en la misma mano en que otros caballeros de la época portaban espada o herramienta de oficio. Y lo acompañaba un extraño animal alado al que el moreno regañaba a cada paso, ya que lo hacía culpable del desnortamiento que los había llevado, decía: *A aquel lugar del fin del mundo, lejos de todos los caminos y encrucijadas.*

Desesperados, sin hallar posada ni signo alguno de vida, Zaffir y su acompañante dieron vueltas a la plaza, hasta que, exhaustos, decidieron sentarse en un tocón enorme que alguna vez había sido un hermoso roble, aquél en el que siempre se columpiaba Rosaclara hasta el día de su triste suerte.

Zaffir pensaba, enjugándose la frente: *A este lugar le falta, le falta...*

—*Todo* —le respondió el animal que iba a su lado.

—*Tú te callas, Dragoberto, y además, ¿cómo se te ocurre saber lo que estoy pensando?* —se enfadó el moreno, porque Dragoberto tenía la facultad de adivinarle el pensamiento y siempre que Zaffir no conseguía terminar una frase o una idea, la completaba él.

El talismán de Dragoberto

Dragoberto era un enorme dragón alado, sin ninguna vocación para cuidar tesoros ni raptar princesas. Había nacido un día de tormenta eléctrica, en que el cielo se deshacía en agua, precedido en unos quince minutos por su hermano Dragoncio.

La familia recibió el nacimiento sorprendida y entristecida a la vez. Por un lado, no era frecuente dar a luz a dragones gemelos, lo que a la madre le resultó desconcertante. Por otro, los festejos —una competición de fuegos— que habitualmente acompañaban el nacimiento de dragones, tuvieron que ser suspendidos, dado que en el interior de la cueva hubieran resultado peligrosos y fuera no había quien encendiera ni una cerilla, porque la lluvia caía sin piedad.

Desde pequeños, los hermanos fueron muy diferentes entre sí. Dragoncio se esforzaba por gustar a sus mayores. Los imitaba en todo y, en general, manifestaba las tendencias familiares y de sus antepasados. Soñaba con tesoros que encendían luces en sus ojos fieros, rugía impaciente y echaba humo al pensar en princesas para raptar. Diseñaba complicados cofres para guardar gemas y joyas, y no perdía ocasión de realizar vuelos exploratorios en busca de cuevas y escondrijos. Sabía hacer anillos de fuego con la nariz, gastaba a su hermano y amigos bromas incendiarias, y temía al agua más que a nada en el mundo.

Esta conducta enorgullecía a su padre y preocupaba un poquito a su mamá.

Por su parte, Dragoberto se aburría soberanamente con los juegos de su hermano gemelo. Él prefería soñar con viajes por tierras lejanas, amaba la luz de fuera de la cueva y los paisajes bañados por el sol y ansiaba, por sobre todas las cosas, conocer el mar.

Así fue como un día abandonó —siendo ya un joven pero robusto dragón— la cueva de sus padres, en busca de un destino diferente, considerando que Dragoncio continuaría cumplidamente la tradición familiar por los dos.

Volando sobre los caminos, tras el rumbo de una bandada de pájaros, llegó un día a orillas del mar, que provocó en él una intensa emoción, porque superaba todo lo que había imaginado. Junto al mar había un pequeño pueblo de pescadores en el que se celebraba por aquellos días una concurrida feria. Allí vio por primera vez a Zaffir.

El que más tarde sería su amigo y compañero, tocaba la armónica, hacía juegos malabares y recogía luego las monedas que le daban en premio por su actuación las buenas gentes. Maravillado, al término de la función, Dragoberto aplaudió con el mismo entusiasmo que todos los presentes y lamentó no haberse llevado siquiera un rubí del tesoro que custodiaba su hermano gemelo, aquel dragón tradicional donde los hubiere, para pagar el arte de ese hombre.

Igualmente se hicieron inseparables, después de conversar un rato y después que Zaffir hubo visto que Dragoberto era capaz de emitir fuego, disponía de un espejo mágico de agua, y podía realizar un divertido número con sus plumas, que serviría como relleno, aunque no como relleno de una almohada. Dragoberto le mostró además una nuez que había hallado por la tarde en la playa, pero que no supieron cómo utilizar. Simplemente decidieron conservarla como talismán de buena suerte y recuerdo del día de su encuentro.

El arte de Zaffir

En aquellos días primeros de su amistad, Dragoberto contó a Zaffir su historia con plumas y señales. Este ofreció a cambio un escueto relato acerca de su origen.

Dijo que había visto la luz por primera vez en un circo ambulante, del que procedían muchos de sus saberes artísticos. Era hijo de los amores entre un equilibrista y una domadora de leones. Por comodidad de su madre, había crecido junto a una cría de león llamada Diana.

Por descuido o por pereza, una noche olvidaron cerrar la jaula en la que dormían y Zaffir vio cómo su compañera aprovechaba para huir y decidió seguirla por curiosidad. Al cabo de un rato de marcha, el joven hizo notar su presencia y preguntó a Diana hacia dónde se dirigía. Ésta le contestó que no pensaba pasar toda su vida encerrada y que marchaba en busca de la tierra natal de su madre, que conocía a través de los nostálgicos relatos que ella le había hecho muchas veces.

Al oír esto, Zaffir intentó convencerla para que regresara, aunque continuó la marcha junto a la leona, pero pronto también él se vio seducido por los caminos y ciudades por los que pasaban. Empezó a considerar que regresar al circo le llevaría mucho tiempo y aun así no era seguro que lo encontrara donde lo había dejado. ¿Qué hacer? La tierra que tanto atraía a Diana, la sabana con sus familias de leones en libertad y sus cazas nocturnas no parecían muy propias para él. Fue entonces que los amigos se despidieron conmovidos y ya nunca volvieron a verse. Zaffir estaba convencido de que Diana había cumplido sus deseos y que estaría muy feliz en la sabana, tal vez rodeada de cachorros retozones sin barrotes ni amenazantes látigos a su alrededor.

Desde entonces Zaffir se había convertido en un circo entero de un único artista, pero la soledad empezaba a pesarle y necesitaba, dijo a Dragoberto que le escuchaba fascinado: *«Alguien como tú, para renovar el espectáculo, ya me entiendes...»*

Caminos y aldeas, ferias y mercados habían visto a los dos amigos desde entonces llegar y actuar al son de la armónica, hacer reír a los niños, ilusionar a los mayores y marcharse después, acompañados de cariñosos adioses y deseos de bienaventuranza.

Dragoberto y Zaffir amaban las gentes y el bullicio y éstos les amaban. De ahí su fastidio y desencanto al haber dado con un sitio tan inhóspito y desolado como era Confín cuando ellos llegaron.

La princesa desmemoriada

Aurora y el rey fueron en busca de la princesa Rosaclara que yacía desmemoriada en su alcoba, llevados por la idea de que, si la conducían al sitio dónde había empezado su mal, tal vez se recuperaría. Pero al llegar a la plaza, descubrieron que el antiguo roble había sido talado por los DictaBordes y en su lugar un tocón servía de asiento a dos desconocidos personajes.

Cuando Zaffir vio acercarse al trío, exclamó: *Gracias al cielo, que hay aquí alma viviente; y reinante,* añadió el minucioso Dragoberto, observando la coronada cabeza del rey.

Zaffir, tomando en cuenta las palabras del dragón, hizo una reverencia y continuó: *Oh, mi señor, soy tu siervo Zaffir y éste es mi amigo Dragoberto, ¿podrías decirme qué pasa aquí que no pasa nada?*

El monarca contestó: *Soy el rey de Confín, que así se llama este lugar, Aurora es la lectora de sueños y ésta es mi hija, la princesa Rosaclara, y te saludamos a ti y a tu amigo, deseando saber qué os trae por aquí.*

Zaffir habló mirando a Rosaclara: *También yo me preguntaba qué hemos venido a hacer aquí, creyendo que había perdido mi destino, pero ahora sé que al fin lo he hallado. He venido a casarme con tu hija, señor.*

—*Oh, mi pobre hija* —suspiró el rey.

Y Zaffir anhelante, quiso saber: *¿Qué, qué le pasa a tu hermosa hija?*

Intuyendo que estaba hablando con quienes se le habían aparecido en sueños y que Aurora había identificado como mensajeros del fin de la pesadilla de Confín, el rey contó a Zaffir y Dragoberto los sucesos que allí ocurrían y solicitó su ayuda para librarse de los invasores Dicta-Bordes: *Sólo así* —dijo—, *podrás casarte con Rosaclara; si ella quiere, por supuesto* —terminó.

Dragoberto, que había escuchado respetuoso al rey, esperó a que Zaffir le hablara. Éste, ya olvidado el enfado, fue directo: *Dime, ¿qué hacemos Drago?*

Dragoberto meditó rebuscando en su larga memoria de dragón, familiarizada con duendes y hechizos, encantamientos y cuentos chinos, y dijo: *El que desmemorió a la hermosa Rosaclara debe ser Segismundo, el inmundo, aquel que odia el perfume de las flores y la ternura del agua, el que huye del amor y del fuego de los corazones amigos. El que mata la libertad y la memoria. Para vencerlo* —continuó— *sólo necesitamos encontrarlo y conseguir que se mire en nuestro espejo mágico de agua.*

—*Pero, ¿cómo lo encontraremos?* —preguntó Zaffir.

—*Creo que sé dónde encontrarlo* —contestó Dragoberto pensativo, acariciando la nuez que le servía de amuleto.

—*Quiero ir contigo* —dijo decidida Aurora que hasta entonces escuchaba en silencio.

—*Si vienes conmigo, será mejor que mejor, estoy seguro* —aceptó Dragoberto y continuó— *cuando su maligno jefe esté fuera de juego, los DictaBordes se verán debilitados y podremos expulsarlos y devolver a Confín la vida que le han robado.*

Mientras Aurora se acomodaba a lomos de Drago-berto, y casi emprendiendo el vuelo, éste dio las últimas instrucciones: *Pasea Zaffir con el rey y la princesa en círculos cada vez más amplios desde la plaza hacia el mar. Cuando el norte se haga presente en la brújula, toca la armónica, desatad los campanarios y volved a este mismo sitio, a esperarnos.*

La guarida de Segismundo

Y así fue como lo hicieron. Planeando suavemente para no asustar a Aurora, Dragoberto descendió en un páramo, cerca de la playa donde había hallado la extraña nuez que guardaba.

Al poco tiempo, un desagradable chillido les dio noticia de la proximidad de Segismundo, que, nada más ver a Aurora, disparó su cerbatana, riendo destempladamente. Pronto dejó de reir cuando descubrió que su proyectil, su arma desmemoriante, no daba en el blanco. Dispuesto a saber quién se atrevía a oponerse a sus designios, para destruirlo como tenía por costumbre hacer cuando esto sucedía, Segismundo se acercó lo suficiente como para que Dragoberto intentara enfrentarlo con su espejo de agua.

Pero eso no era tan fácil de conseguir. El malvado conocía bien los peligros que podían acecharlo y, apartándose, dejó que se adelantaran dos de los DictaBordes que lo acompañaban formando parte de su guardia personal. Así pudo contemplar cómo éstos se disolvían en el aire al verse. Dragoberto continuaba intentando manipular el espejo para situarlo frente al duende, cuando éste aprovechó un descuido y se llevó a Aurora consigo.

Nada pudo hacer la niña para resistirse, se hallaba como hipnotizada por la mirada maligna que la arrastraba, cada vez más lejos, más dentro de la espesura del monte.

Preocupado, Dragoberto emprendió su persecución. A cada paso del camino aparecían DictaBordes para detenerlo y confundirlo, y él debía idear trucos y retrucos para esquivarlos o dejarlos fuera de combate.

En su interior llamaba: «*Aurora, Aurora, no te dejes llevar...*» Su inquietud crecía a medida que la tarde caía rápidamente y la luz se alejaba en un territorio desconocido para él y en el que, en cambio, Segismundo se movía como en su casa.

De repente, su marcha fue interrumpida por el cauce de un río, lo que no le pareció nada bueno porque podía hacerle perder el rastro de Aurora y el duende. Decidió entonces sentarse a pensar bajo un árbol que crecía en la ribera y, al mirar hacia arriba, descubrió que estaba a la sombra de una rara variedad de nogal, cuyos frutos eran semejantes a la nuez que guardaba. Pensó que podría tratarse del árbol de los frutos desmemoriantes y así comprendió lo que había atacado a Rosaclara y luego había fallado con Aurora. Rápidamente se apartó del árbol y, mirando a su alrededor, comprobó que era el único de su especie que allí crecía.

La receta mágica

Al cabo de un rato Dragoberto volvió a acercarse al nogal y miró su tronco con atención. Observó que era muy grueso y que en una de sus caras tenía grabados extraños símbolos y arabescos. Entonces se le ocurrió una idea y comenzó a tantear y recorrer con sus dedos sensibles las líneas trazadas en el tronco del árbol. Frotó contra él su espalda, le dio suaves golpecitos con sus alas. Por fin, inspirado, se arrancó una pluma y, recordando un antiguo conjuro oído en su Dragolandia natal, que servía para abrir entradas ocultas de las cuevas, tocó el tronco con ella y recitó unas palabras que surtieron su efecto. Al pie del nogal se abrió mágicamente un hueco del que partía una larga escalera que descendía hacia lo más profundo de la tierra y a la que no se le veía fin.

No le fue difícil comprender que aquel era el escondite de Segismundo, en cuyos vericuetos y pasillos subterráneos se refugiaba junto a sus malvadas huestes.

Decidió poner en práctica un recurso que hacía años que no utilizaba. Arrancó del árbol todas las nueces desmemoriantes, que no eran muchas, y con ellas encendió una hoguera que arrojaba mucho humo. Fácil tarea hacer fuego para un dragón...

La humareda descendió rápidamente hacia el refugio de los DictaBordes que, entre toses y estornudos, empezaron a escapar. Dragoberto simplemente se limitó a esperarlos con el espejo de agua enfocado hacia la entrada de la cueva.

Los últimos en salir fueron Aurora y el propio Segismundo. La niña sostenía en su mano izquierda la nuez que no alcanzó a herir su frente y que entregó contenta a Dragoberto.

—*¿Qué has hecho, desalmado?, mi guardia desaparecida, mis nueces quemadas, pero ¡Cuidado!, aún me quedan fuerzas en Confín. ¡Ya verás!* —chillaba Segismundo furioso, intentando huir.

—*Un momento* —le dijo sereno Dragoberto—, *porque ahora te toca a ti.* Y enfrentó al malvado con el espejo mágico de agua.

Aurora pudo ver cómo el duende se disolvía en el aire como si nunca hubiera existido.

El dragón añadió, aunque Segismundo ya no podía escuchar a nadie: *En cuanto a los DictaBordes de Confín, ya iremos a ocuparnos de ellos, pero antes, todavía tenemos trabajo aquí...*

Ayudado por Aurora, Dragoberto preparó la siguiente receta: se coge savia de árbol joven y árbol anciano, preferentemente de pino y haya; se le añade, bien machacadas, siete hojas de olivo que es árbol de paz; luego se recoge tres gotas de rocío del amanecer en las que se haya posado la mirada de un búho, que es animal sabio y muy observador; esto se incorpora a la preparación anterior. Luego se remueve todo con colmillo de elefante, si hay alguno cerca porque es animal de mucha memoria, o con pata de conejo, que es de muy buena suerte. Hicieron esto último, pidiendo gentilmente a una coneja que vivía cerca de allí, que por favor metiera la pata... en la mezcla hecha en la corteza de una calabaza. Porque elefantes no vieron.

Con esta preparación regaron abundantemente el nogal que servía a Segismundo sus malas armas, para que volviese a dar sus buenos y sanos frutos. También le rega-

laron un poco a la coneja que les había ayudado, porque
decía que a veces sus gazapos no recordaban las instrucciones que ella les daba y se exponían a peligros y cazado-
res. Y aún conservaron un poco que Dragoberto iba a
necesitar, dijo, más tarde.

La risa vuelve a Confín

A medio camino del vuelo de regreso, Aurora y Dragoberto comenzaron a oír sonidos de campanas, risas y trinar de pájaros que procedían de Confín. Al descender en la plaza, todos los confinenses los esperaban, con el júbilo de haber recobrado el día y los sonidos familiares de la vida.

Sin conocer aún la suerte que había corrido su jefe, enfurecidos porque no conseguían imponerse, los DictaBordes todavía no se batían en retirada. Pese a la indiferencia de los confinenses, seguían dictando sus órdenes contraordenadas, que ya nadie escuchaba.

Entonces, agotada su paciencia, Dragoberto echó mano de las plumas del número de relleno y les rellenó la boca, de manera que, a cada orden que intentaban emitir los DictaBordes, escupían plumas, lo que les hacía parecer más y más ridículos.

Los habitantes de Confín, que en su alegría habían empezado a cantar y a bailar, sugerían: *Enciérralos en un lugar oscuro, dragón, como han hecho ellos con nosotros y con nuestros niños y viejos. Sí, sí, hazlo.*

Fue Aurora quien tuvo la magnífica idea: recordando las enseñanzas del abuelo, modeló enormes tinajas de barro que pidió a Dragoberto que cociera en su propio fuego y allí encerraron a todos los DictaBordes, uno por tinaja.

Pero, aún estaba seco el cauce del río, y vacías las fuentes, y la lumbre no ardía en Confín, aunque este estado de cosas no duraría mucho tiempo.

Ante la maravillada mirada del rey, y como si de uno de sus números de magia se tratara, a los acordes de la armónica de Zaffir, Dragoberto encendió el fuego de la antorcha de la plaza y recorrió todas las casas de Confín para hacer lo propio con fogones y chimeneas, y aún le sobró algo para emplear luego en unos modestos fuegos artificiales que, al final de la fiesta, tenía pensado hacer estallar en el cielo.

Cuando terminó con esta tarea, cogió su nuez talismán, convencido ya de que era la que había arrojado Segismundo a la sien de la princesa y la partió en dos mitades, que untó con el preparado con que había regado el nogal del bosque. Las depositó en el suelo y de ellas empezó a manar agua en finos hilos que pronto llenaron el cauce seco del río, la fuente y las piletas.

Con esas aguas recién brotadas, lavó Zaffir dulcemente las sienes de Rosaclara, que recobró la memoria alegre, ya que de la otra no podía conservar recuerdo alguno.

La otra nuez, que Aurora le había dado a Dragoberto al salir de la cueva del duende maligno, fue a su vez bañada en los últimos restos del mejunje, y plantada, junto al tocón del viejo roble, talado por los DictaBordes, para que retoñara otra vez.

Al calor de la lumbre

Lo que pasó después es fácil de imaginar.

Rosaclara y Zaffir se casaron. En tan memorable ocasión el rey pidió a Aurora que reemplazara a su abuelo en la tradicional lectura de augurios, confiándole así para siempre esa importante tarea.

Aurora, muy contenta, predijo entre otras cosas que la nueva pareja sería muy feliz, que tendría tres robustos hijos varones y siete, no menos robustas, hijas mujeres, a todos los cuales les esperaban muchísimas e interesantes aventuras.

Dragoberto, que se ocupó de los fuegos artificiales y de la iluminación de la fiesta, cada tanto se alejaba para ir a vigilar las tinajas donde se hallaban encerrados los DictaBordes. Estos no daban señales de vida. Tal vez huyeron, o tal vez aún estén allí dentro, pero lo cierto es que nadie volvió a saber nada de ellos.

Después de la boda, la vida en Confín volvió a ser como antes. El rey volvió a su trono, y los novios se fueron de viaje.

La novedad fue que Dragoberto y Aurora fundaron una próspera industria alfarera de cacharros y utensilios de barro cocido, que las alegres vecinas de Confín acarrean ida y vuelta de las fuentes y en las que preparan sabrosos guisos en el fuego de sus hogares.

La lumbre de la plaza siempre permanece encendida para que los confinenses alimenten allí sus sueños. Dragoberto vela para que no se apague nunca.

2
El Príncipe de la Baraja

El guardasueños de Confín

En el remoto reino de Confín del que quizás hayáis oído hablar, vivía Toribio, un deshollinador experto en su oficio. Durante la primavera y el verano se dedicaba a limpiar, componer y deshollinar estufas, chimeneas y cocinas para que sus vecinos disfrutaran de calor durante los meses del invierno.

Pero llegada esa fría estación, a Toribio le quedaba mucho tiempo libre. Para ocuparlo en algo útil y no aburrirse, se le ocurrió crear un archivo. Pero no un archivo como todos, para guardar papeles o documentos. No, Toribio quería uno que sirviera para guardar sueños, ilusiones o esperanzas y también recuerdos. Todas cosas demasiado importantes para dejarlas en cualquier sitio y que se pudieran olvidar o perder.

Convencido de que los vecinos de Confín aprobarían su idea, se reunió con ellos para contársela y pedirles opinión. A todos les gustó tal como Toribio esperaba, y hasta el anciano archivero del reino, Mister Vuelvaluego, que disponía de un despacho y diecisiete habitaciones en palacio, se ofreció a cederle una de ellas y unas cuantas estanterías para amueblarla.

Toribio las aceptó y muy contento se puso a trabajar de inmediato Su primera tarea fue preparar archivadores y hojillas de papel de colores. Las hojillas servirían para apuntar lo que se quisiera guardar en esos archivadores.

Después, en la puerta de la habitación que le había cedido Mister Vuelvaluego, Toribio colocó un cartel en el que escribió con su hermosa letra «GUARDA-SUEÑOS DE CONFIN», para que todos supieran donde estaba.

Muchos fueron los que visitaron al deshollinador para confiarle sus sueños y esperanzas. A todos él les tendía las hojillas para que escribieran lo que querían guardar y archivarlas luego. Las esperanzas en los archivadores verdes, las ilusiones en los azules, a los sueños les correspondían anaranjados y los recuerdos según fueran tristes o felices tenían su propio archivador de color. A cada persona le entregaba Toribio un recibo para que cuando quisiera pudiera recuperar lo que hubiera guardado.

Pocos volvían a buscar lo que dejaban en el Guardasueños. De vez en cuando algún anciano venía a charlar con Toribio y de paso releía algún hermoso sueño de juventud que en su momento había apuntado en la hojilla anaranjada. Lo hacía para no olvidar lo bonito que había sido tener sueños.

Cuando, al final de la tarde, Toribio se marchaba a casa no cerraba el Guardasueños con llaves ni candados de ningún tipo. Pensaba que el contenido de su archivo era muy valioso, pero estaba convencido que resultaría muy pero muy difícil de robar.

Una visita inesperada

Cierto día muy lluvioso en el que todo Confín se encontraba en su casa, calentándose a la lumbre de su chimenea, y Toribio no esperaba que nadie estuviera dispuesto a traer sus sueños o esperanzas para confiárselos, se inició una hermosa historia.

Un forastero, un muchacho de corta edad, se presentó en el Guardasueños. Era un jovencito alto y delgado y se movía tan silenciosamente, que hasta que no le dirigió la palabra, el deshollinador no advirtió su presencia.

El visitante vestía un colorido traje compuesto de camisa roja con mangas azules, calzón corto oro y azul, medias rojas y amarillas, botas verdes y una capa haciendo juego, y cubría su cabeza con un casco rematado en un lazo semejante a las alas de una mariposa. En la mano llevaba una rama de árbol con yemas verdes que parecían a punto de retoñar y convertirse en hojas. Su aspecto le resultó a Toribio vagamente familiar, pero no acertó a recordar de qué lo conocía.

—*Buenas tardes, ¿podrías decirme si en este Guarda-sueños está la corona del Reydebastos?* —saludó el joven recién llegado.

—*Buenas tardes, aunque un poco frías, ¿por qué buscas aquí esa corona? Y de paso, ¿quién eres? ¿te conozco?* —preguntó Toribio.

Sin responder, el joven insistió:

—*Me han dicho que guardas aquí cosas muy importantes y esa corona para mí lo es, ¡mucho!*

—*Así es, aquí se guardan sueños, ilusiones y esperanzas, pero coronas,.. coronas, no, creo que no* —dijo el archivero.

—*Soy el hijo y heredero del Reydebastos. Mi papá ya no está en La Baraja, por eso necesito esa corona que para mí está hecha de esas tres cosas tan valiosas que tú dices que aquí se guardan.*

—*Oh, ya lo veo. Encantado de conocerte, soy Toribio, deshollinador y archivero del Guardasueños de Confín. Y tu nombre ¿cuál es?*

—*Laureano, soy el príncipe Laureano.*

—*Lo siento mucho, Laureano, pero la corona que buscas no está aquí.*

Al oír estas palabras, el príncipe tuvo una curiosa reacción. Depositó su vara cuidadosamente sobre el mostrador del Guardasueños, y, mientras en su cara se pintaba un puchero, se arrojó al suelo, y dio comienzo a una ruidosa pataleta, diciendo con gran desconsuelo:

—*¿Y ahora, qué haré? ya no sé dónde buscar la corona. Sin ella no podré regresar a La Baraja para jugar a reinar.*

El deshollinador, conmovido, se le acercó y ayudándolo a incorporarse, ofreció:

—*Venga, deja ya de llorar, tal vez podamos ir juntos en busca de tu corona. Vamos, todas las cosas están en algún lugar* —lo consoló—. *Levántate y sonríe.*

Súbitamente, con tanta rapidez como la había empezado, el príncipe dio por terminada la pataleta, recogió su vara con una mano, puso la otra en la de Toribio, y empezó a tirar de él hacia afuera.

Apenas dio tiempo de colgar en la puerta el cartel de «Ahora vuelvo», cuando ya estaban en camino.

Así fue como empezó un largo viaje en pos de una corona, que según había dicho el príncipe heredero del Reydebastos era a la vez un sueño, una ilusión y una esperanza. Así también se inició una historia única, para la que luego Toribio hubo de abrir un archivador especial, de color blanco luminoso, como es el color de las estrellas, y de las ilusiones que se hacen realidad.

La manzana misteriosa

Llevaban ya un rato de marcha hacia cualquier parte, cuando en la cara de Laureano apareció un gesto semejante al puchero con el que había comenzado la pataleta en el Guardasueños, pero sólo dijo con voz de pena que llevaba muchas horas sin comer nada. Toribio, enternecido, se apresuró a buscar algo para saciar el hambre del muchacho.

Miró a su alrededor y vio que, entre los árboles que crecían a los lados del camino, había un hermoso manzano. Era muy pequeño, no se alzaba más que medio metro del suelo, pero de una de sus ramas colgaba una manzana enorme, de aspecto apetitoso. La manzana era roja, y sus bordes dorados por el sol del crepúsculo. El deshollinador separó la fruta de la rama con delicadeza y la ofreció a Laureano.

Goloso, se la llevó éste a la boca y justo cuando estaba a punto de morderla, oyó una vocecita que decía:

—*Ay, no, por favor, no vayas a comerme.*

—*Y ¿esto?* —se alarmó Laureano—, *¿una manzana parlante?*

—*No* —se oyó una vez más—, *las manzanas no hablan. Soy yo, que estoy dentro. Anda* —suplicó la voz—, *abre con cuidado la manzana en dos mitades y déjame salir.*

El príncipe hizo lo que se le pedía y al igual que Toribio, vio cómo del corazón de la manzana surgía una luminosa estrella que se presentó así:

—*Uf, qué alivio... Muchas gracias. Me llamo Despertina y soy la estrella que brilla al amanecer, aunque siempre tengo* mucho sueño. Y por eso pasó lo que pasó. Salí por la noche a alumbrar el cielo con mis compañeras, pero pronto me sentí cansada y decidí echarme un rato hasta que me tocara salir con las primeras luces.

Los amigos escuchaban a la estrella con gran interés. Ella continuó diciendo:

—Encontré acomodo entre los pétalos de una flor de aquel manzano, pero ¡quién iba a pensarlo!, mientras yo dormía la flor se afanaba haciendo una manzana que nació a la misma hora en que yo tenía que ir a trabajar, lo que no pude hacer porque quedé encerrada en su interior.

Al final del relato, a Laureano le dio un ataque de risa aunque dejó de reír tan pronto comprobó que sin Despertina encerrada en su interior, la manzana se había quedado muy pequeñita. Igualmente se la comió y estaba riquísima.

Toribio le dijo a la estrella que su aventura resultaba muy curiosa y que también él y Laureano tenían algo que contarle. Explicó el caso del príncipe heredero del Reydebastos que no encontraba su corona y la invitó a participar de su búsqueda.

Despertina aceptó, pero les aclaró que por la noche los acompañaría desde el cielo donde tenía que realizar su trabajo luminoso y que de vez en cuando necesitaría echarse a dormir un rato, pero que por lo demás podían contar con ella.

Dicho esto, inmediatamente se le ocurrió una de las brillantes ideas que le surgían a la velocidad de la luz. Propuso consultar a un conejo amigo suyo que era mago y que sabía muchísimo de todo, y que además tenía una gran familiaridad con las barajas que eran una de las herramientas de su oficio.

Como tampoco tenían una idea mejor, ésta fue muy bienvenida.

El Mago Encantado

El Mago Encantado no vivía en ninguna parte, por lo que no hizo falta ir a buscarlo. Simplemente aparecía como por arte de magia cuando alguno de sus amigos lo necesitaba.

Era un conejo de pelo negro, con un rabo como la flor del algodón, a juego con sus guantes y su tocado blancos. Se presentó con una reverencia y descubrió su cabeza. Como queriendo demostrar su pericia en el oficio de la magia, fue sacando de la chistera animales, personas, naipes y figuras bellas y extrañas.

Maravillados con los juegos del Mago, el deshollinador, el príncipe y la estrella fueron contándole por turnos la historia de la corona que buscaban y él los escuchó sin dejar ni por un instante de extraer naipes de detrás de las orejas de Toribio, hacer aparecer palomas que se posaban en la vara de Laureano, mientras que a Despertina unas veces la hacía desaparecer y otras salir de los bolsillos de su holgada chaqueta.

Cuando los amigos acabaron de hablar, se frotó las manos y dijo:

—*Bueno, vamos a trabajar, porque esto va a ser como un juego de niños, o sea algo muy serio. Venga, vamos a ponernos cómodos*—. Con un pañuelo anudado a otro y a otro, y a muchos más, hizo una alfombra que se extendió sobre la hierba no muy lejos de donde crecía el manzano enano. Sobre la alfombra dispuso una mesa que hizo nacer de uno de los nudos de la vara que llevaba en la mano el príncipe Laureano, y desde el aire llegaron tres sillas en respuesta a tres silbidos largos del conejo mago.

Hecho esto los invitó a tomar asiento con un ademán y él mismo se sentó. A Despertina, que ya debía partir hacia su trabajo, le pidió que en la medida de lo posible se mantuviera en el cielo por encima del centro de la mesa para que tuvieran luz suficiente.

El Mago Encantado realizó infinitos juegos de barajas, pero por más que insistió una y otra vez, aparecieron los reyes de Oros, Espadas y Copas, pero el de Bastos, no.

Al cabo de un rato, explicó dirigiéndose a Laureano:

—*Yo diría que hubo una partida en el Castillo de Naipes en la que tu padre lo apostó todo y perdió. Eso es lo malo, pero, también tengo algo bueno que decirte...*

—*¿Qué, qué es lo bueno?* —preguntó el heredero esperanzado e impaciente.

—*...Lo bueno es que...* —continuó el Mago—, *... aunque sus adversarios lo desterraron de La Baraja, no pudieron cobrar su corona porque tu padre la confió a alguien con instrucciones de guardarla para ti. Ese alguien te espera en Algún Lugar, y lo que debes hacer es hallarlo.*

Compungido, el príncipe dijo en voz muy bajita:

—*Yo ya no quiero reinar en La Baraja ni en el horrible Castillo de Naipes—*. Y comenzó a mirar a su alrededor para ver de un sitio donde dejar la vara y lanzarse a una de sus pataletas.

El Mago Encantado, adivinándole la intención, lo dejó un rato suspendido en el aire para que escuchara sus palabras y se tranquilizara un poco.

—*Muy bien, muy bien. Reina allí donde tu corazón lo quiera. Pero antes recupera la corona, que según tú mismo dijiste representa el sueño perdido de tu padre. Buscándola llegaste al Guardasueños de Confín donde Toribio se ofreció a ayudarte, ¿recuerdas?*

—*Claro* —dijo Laureano, ya completamente sereno. *Y ¿por dónde he de empezar a buscar?*

Por el principio —se adelantó Toribio al Mago—. *Parece ser que todo empezó en el Castillo de Naipes.*

—*Es que no conozco los caminos pero sé que son muy largos* —se quejó el joven—, *y además estoy cansado y tengo hambre otra vez.*

—*Todos los caminos parecen largos cuando no se conocen, pero te diré que el camino más corto y el mejor es aquél que tú seas capaz de andar por tu cuenta. Si lo sigues, te sentirás como en casa. Piensa que no estarás solo, irás acompañado de tus amigos. Toribio te prestará su experiencia y Despertina te iluminará con sus ideas.*

Viendo que Laureano asentía a sus palabras, el Mago prometió:

—*Yo, por mi parte, acudiré siempre que me necesites y te aseguro que todo aquello con lo que te encuentres te dará conocimiento y te hará más fuerte y más sabio. Para tu hambre* —dijo también el conejo—, *tengo una solución, ya.*

Y todos vieron cómo desde el cielo llegaban volando palomitas, esta vez de maíz, que se acumulaban en montoncitos dentro de las manos y los bolsillos del príncipe, que reía y reía al recibirlas.

Apenas Laureano terminó de comer, el Mago le preguntó:

—*¿Crees que ahora estás en condiciones de emprender la marcha?*

—*Sí, sí lo estoy* —fue la respuesta del joven.

Entonces el Mago Encantado dijo:

—*Te pondré en la dirección correcta si me das un botón.*

El príncipe inclinó la cabeza sobre el pecho y contó cinco botones en su colorida chaqueta, arrancó uno de ellos y lo tendió al mago.

El botón era de plata y tenía cuatro pequeños agujeros

por donde apenas había sitio para que pasaran hilo y aguja pero el Mago fue soplando y soplando por uno de ellos hasta que fue lo suficientemente grande para que pudieran atravesarlo Toribio y Laureano.

Despertina, desde el cielo, los vio ya al otro lado del botón haciendo ademanes de despedida.

Las últimas palabras que le oyeron decir al Mago, fueron:

—*Tened mucho cuidado con ciertos pajarracos, no os dejéis confundir o perderéis la dirección correcta.*

Delante de ellos, el camino que se abría avanzaba por entre un paisaje que iba dibujando curvas y rectas y llegaba hasta la lejana línea del horizonte. Pero antes, en lo alto de una colina, rodeado de un frondoso bosque, se alzaba un castillo.

Eso estaban mirando Toribio y el príncipe cuando a su alrededor se hizo la oscuridad y espesas nubes apagaron la luz de las estrellas incluyendo la de Despertina, y ya no pudieron ver nada, aunque oyeron los pasos de alguien que se les acercaba.

El pavo real, ¿amigo o enemigo?

En medio de la oscuridad que los rodeaba los amigos distinguieron a un ave de gran tamaño, un pavo real de hermosa y colorida cola que desplegaba y plegaba como un abanico. En la mano llevaba una bandeja colmada de frutos de extraño y apetitoso aspecto, que les ofreció al tiempo que los saludaba sonriente.

Laureano tomó un gran puñado de esos frutos con avidez. Toribio, en cambio, sólo cogió uno, por cortesía. Mientras masticaban, el pavo se presentó como el más poderoso, el más bello y sabio de todos los seres que jamás hubieran conocido y el más modesto, agregó, para sorpresa del deshollinador y el príncipe.

Aunque ellos no podían saberlo, habían topado con el mismísimo Cantamañanas, el jefe de la banda de los pavos. Animal fatuo y bobo donde los hubiera, y a quién no debía hacérsele el menor caso. Sus dos principales ocupaciones consistían en alabarse a sí mismo y en decir pavadas.

Era capaz de charlar durante horas y horas, pero era incapaz de escuchar a los demás. Ideaba todo tipo de trucos para retener a sus oyentes y los envolvía con historias aburridas y sin final. Llegaba incluso a prometer cosas que jamás pensaba cumplir con tal de seguir teniendo un público que oyera sus palabras.

Los pocos intentos que hicieron Toribio y Laureano por decir algo y explicarle al ave su situación fueron en vano. El pavo no permitía interrupciones ni quería dialogar, y tampoco quería dejarlos marchar.

Para colmo, escuchando al Cantamañanas, los amigos iban sintiendo que los invadía un sopor que se iba haciendo más intenso a medida que pasaba el tiempo porque el pavo repetía siempre las mismas frases, infinitamente, y mientras lo hacía iba dando vueltas en círculos cada vez más cerrados en torno a ellos. Ésta era su forma de adormecer la voluntad de los demás y dominarla para impedir que lo dejaran solo, con la palabra en el pico.

La charla del pavo era como los frutos que llevaba en su bandeja, pesados, vacíos, mucha cáscara, poco sustento y una pesada indigestión que producía sueño y quitaba las ganas de hacer nada.

Tanto enredó, que hubo un momento en que Laureano pensó en abandonar la búsqueda de la corona y dormirse oyendo esa música monótona y sin sentido que iba entrándole por un oído y saliéndole por el otro.

Pero en un supremo esfuerzo, el príncipe abrió los ojos y dijo a su amigo el deshollinador:

—*¿No será éste de la especie de pájaros, con los que el Mago nos dijo que tuviésemos cuidado?*

Al oírlo, Toribio volvió a recordar con nitidez la advertencia con que el Mago Encantado los había despedido y supo que el heredero estaba en lo cierto con respecto al pavo. Hizo también él un gran esfuerzo por salir de su letargo y, tirando de la mano de Laureano, lo llevó casi en volandas lejos del pajarraco y su estúpido parloteo.

—*Tienes mucha razón, ¡qué suerte que lo hayas advertido a tiempo!,* —aprobó Toribio.

—*Uf, ¿pero no podríamos dormir aunque sea un ratito?* —suplicó Laureano.

—*Sí* —suspiró el deshollinador—, *creo que ahora estamos fuera de peligro y que nos lo merecemos.*

Despertina no se veía por ninguna parte, ni sabían el punto exacto en el que se hallaban, pero tan rendidos estaban por el cansancio que se echaron allí mismo.

Aunque Toribio confiaba en que dormirían sólo un rato y que con las primeras luces podrían ponerse en marcha otra vez, despertaron cuando el sol estaba ya muy alto en el cielo. Al mirar a su alrededor, pudieron comprobar que, de algún modo, el Cantamañanas había conseguido liarlos, porque ya no se veía el castillo ni el camino al que los había conducido el Mago. Nada les resultaba familiar o semejante siquiera a lo que habían visto durante el atardecer del día anterior.

El Países al revés

Toribio y Laureano habían dormido en un prado. Vieron que era un sitio muy bello en el que crecían minúsculas florecitas de todos los colores posibles y en el que les pareció oír rumores, palabras sueltas, algunas risas...

Intentaron prestar mucha atención y afinar la vista para comprobar que no se engañaban y pronto advirtieron que lo que oían eran las voces de una multitud de jirafas que pastaban en el prado y conversaban animadamente entre ellas.

No habían podido verlas antes porque eran jirafas minúsculas, tan pequeñitas que a muchas las ocultaba la misma hierba que estaban comiendo.

—*¡Qué raro!* —pensó Toribio—, *no sabía que hubiera jirafas tan chiquititas, ¿serán jirafas recién nacidas?*

Pero cuando se acercaron a uno de los grupos, notaron que eran animales adultos. Sólo que eran jirafas enanas. Preguntaron a la jirafa mayor qué sitio era ése y ella les respondió dándoles la bienvenida al Países al revés. Así fue cómo se enteraron dónde se hallaban. Aunque las jirafas eran muy simpáticas, no sabían nada del camino hacia Algún Lugar, no conocían La Baraja ni el Castillo de Naipes y no pudieron ayudarles.

Igualmente los amigos se sintieron muy contentos de haber conocido jirafas tan raras pero tan amables, que, por lo menos, les habían dicho en qué país estaban.

Se despidieron de sus pequeñas y breves anfitrionas del prado muy agradecidos y se dirigieron hacia donde creyeron que era adelante.

Muy pronto oyeron unas voces chillonas que cantaban a grito pelado. Junto a un campo de maíz, hileras e hileras de cigarras recogían la cosecha y la acumulaban a un lado en ordenados montones, sin prestar la más mínima atención a millones de hormigas que celebraban una gran fiesta, un poco más allá.

Era algo digno de verse, las hormigas llevaban grandes sombreros mejicanos y acompañaban sus canciones con guitarras y violines.

Apenas vieron a Toribio y Laureano los invitaron a sumarse al jolgorio.

Cuando las hormigas se tomaron un descanso para reponer fuerzas, aprovecharon para preguntarle al Jefe Hormigo y director de la orquesta, si por casualidad sabía cuál era el camino que llevaba a La Baraja. El Jefe no sólo dijo que no lo sabía, sino que tampoco le importaba saberlo, pero que no se preocuparan, que durmieran una buena siesta y después ya pensarían algo.

Pero como Toribio no se contentó con esa respuesta, añadió que en todo caso, siempre después de la siesta y la fiesta, podría ser útil preguntar a las juiciosas cigarras. Pero les aclaró que eso sólo sería posible cuando terminaran la recogida, imposible interrumpir su trabajo, porque nada ni nadie les hacía desistir del placer de realizarlo.

A esto el deshollinador señaló con delicadeza pero firmemente, que no tenían tiempo para siestas, ni ánimo para fiestas. De manera que el Jefe Hormigo pensó un poco, lo que representaba un gran esfuerzo para su cerebro de hormiga, y los envió a la escuela más cercana.

—*Hace poco me contaron* —aclaró— *que en las escuelas explican las cosas, a lo mejor enseñan el camino ése que vosotros andáis buscando.*

Dieron las gracias a las hormigas que les dedicaron una canción de adiós muy emotiva, además de dejarles una invitación para siempre y para todas las fiestas que festejaban, con todos, con ningún y con cualquier motivo.

El propio Laureano, un joven lleno de energía, comentó que más debían cansarse las hormigas de festear que las cigarras de recoger el maíz.

La escuela a la que el Jefe Hormigo envió a Toribio y Laureano, era muy distinta de todas las que habían conocido antes.

Sobre un campo de cristal, con ríos de espejo, montes de loza y árboles de vidrio, muchísimos elefantes de colores y de gran tamaño practicaban pasos de danza, siguiendo los movimientos gimnásticos y la coreografía que marcaba una grácil Elefanta profesora. Aprendían a no romper nada mientras bailaban.

La maestra, sin dejar de dirigir los ejercicios, preguntó a los visitantes qué deseaban y, cuando éstos quisieron saber cuál era el camino a La Baraja, dijo que lo sentía mucho pero que no lo conocía. En cambio, creía que el más indicado para orientarlos, porque sí sabía todos los caminos era el Globoferoz, que vivía muy cerca de allí. Era él quien se ocupaba de guiar a los turistas que paseaban por el Paísalrevés.

—*Querrás decir el «lobo» feroz* —dijo Toribio.

—*Bueno, sí, creo que es el mismo, le decimos Globoferoz, porque está muy gordo. Es sabio y bondadoso. Os encantará hablar con él y resolverá todas vuestras dudas.*

Laureano protestó porque dijo que el lobo le daba mucho miedo y que seguramente estaba tan gordo porque se comía a todos los turistas que guiaba.

—*¡Qué va!* —lo tranquilizó la Elefanta—, *eso es un cuento. El lobo es vegetariano y todos los niños que llegan al Paísalrevés lo adoran. Ya veréis.*

Intrigados y con un poquito de desconfianza, se marcharon rumbo a la casa del lobo, siguiendo las indicaciones de la profesora de baile.

Encontraron al Globoferoz preparando una inmensa ensalada y los recibió con grandes muestras de alegría. Los invitó a comer con él y escuchó atento a Laureano, que charlaba muy animado sobre todo a medida que iba comiendo.

Toribio no dejaba de sorprenderse ante la cantidad de lechugas, rabanitos, tomates, remolachas, judías verdes, guisantes y otros vegetales que iban despachando el lobo y el príncipe, sin dejar de hablar.

Laureano contó al Globoferoz todos los incidentes de la búsqueda de la corona del Reydebastos y éste, por su parte, le respondió con infinidad de anécdotas sobre el Paísalrevés.

Cuando acabaron de comer, el Globoferoz tomó entre sus dedos una zanahoria como si fuera un cigarro y dijo:

—*Dejadme pensar... No sé por dónde estará el camino que habéis perdido pero sí sé que, en dirección al norte, os adentraréis más y más en nuestro país, que por cierto es muy interesante. Os recomiendo visitarlo.*

—*Ya lo creo* —pensó Toribio—, *nunca he visto tantas cosas del revés,* —pero en voz alta, contestó al lobo:

—*Ten por seguro que el heredero y yo estaremos encantados de visitarlo en otra ocasión, pero ahora nos urge llegar a La Baraja y a su Castillo de Naipes, ¿sabes?*

—*Claro, claro, comprendo, por eso quiero ayudaros, veréis* —y comenzó a enumerar—: *Aquí al lado viven los monos serios que son muy acogedores aunque un poco aburridos. Más adelante, siempre recto, comienza la zona de los asnos con quienes se puede sostener una conversación muy instructiva. ¡Hay que ver todo lo que saben!*

—*¿Los asnos saben mucho?,* —dudó el príncipe. Pero una mirada de Toribio le recordó dónde estaba y se calló.

—*Hacia el este se encuentran las Cataratas del Olvido, que es adonde van los que tienen malos recuerdos, para beber sus aguas curativas y bañarse en el balneario que los deja como nuevos.*

Toribio escuchaba sonriendo y sin sorprenderse por nada de lo que oía.

—*Junto a las cataratas viven las jóvenes tortugas. Al oeste están los campos de ortigas quisquillosas que terminan en un mar de carcajadas. No os los aconsejo, teniendo propósitos tan serios como los que vosotros tenéis.*

—*Pero eso debe de ser muy bonito,* —comentó Laureano interrumpiendo otra vez.

—*Creo que lo mejor es que marchéis hacia el sur. Ahí está la cueva de los Sinrayas y creo recordar que alguien me dijo que desde esa cueva hay una salida rápida hacia Algún Lugar.*

—*¿Y quiénes son esos? ¿Sinrayas has dicho?* —preguntó Laureano con curiosidad.

—*Los tigres* —dijo el lobo—. *Aunque hace ya mucho tiempo que no los veo, guardo de ellos un recuerdo muy simpático. Son muy juguetones, lástima que a veces se los vea tan tristes.*

—*¿Cómo que tristes?, los tigres son feroces* —se inquietó el príncipe.

—*Anda, vamos* —dijo Toribio convencido—, *ya ves que aquí todas las cosas que dábamos por ciertas, no lo son.*

—*¡Cierto que no son ciertas!* —asintió Laureano—, *¡éste es el Paísalrevés!*

El lobo los acompañó hasta donde comenzaba el sendero que conducía al sur y allí se despidieron muy cariñosamente prometiendo volver alguna vez.

Tres tristísimos tigres

Seguían sin noticias de Despertina porque llovía pero eso no impidió que continuaran la marcha. Pronto apareció ante ellos la boca de entrada de una cueva. Delante de ella, un gran cuenco, un plato grande y hondo repleto de trigo, reposaba en el suelo.

Ya iba Laureano a coger un puñado de trigo para comérselo, cuando Toribio lo regañó:

—*Ya has comido bastante, ¿no te parece?*

Con cierto pesar, el joven príncipe dejó en el cuenco otra vez los granos de cereal que había cogido y entonces vieron y oyeron a un trío que preguntaba:

—*¿Eh? ¿quién anda ahí?*—. Eran tres grandes tigres completamente blancos.

Sin que pudiesen evitar temblar un poquito, Laureano y Toribio dijeron quienes eran y añadieron que los enviaba el Globoferoz. Y también que tenían mucho gusto de conocer a los tigres.

Los tigres por su parte se presentaron también, hablando siempre a coro:

—*Somos los tres tristes tigres.*

—*Pero el lobo dijo que erais juguetones, que sólo a veces estáis tristes...*

—*Eso era antes* —dijeron los tigres, y comenzaron a llorar.

—*Pero ¿qué os pasa?* —preguntó Laureano que, aunque lloraba con mucha frecuencia, veía llorar a otros por primera vez y sentía una opresión muy fuerte en el pecho y unas ganas infinitas de consolar de algún modo a los tigres.

—*Porque se nos borraron las rayas y estamos tan pálidos que ya no podemos jugar a tigrear*, —fue la respuesta de los Sinrayas.

—*Oh* —dijo el príncipe con sincera pena—, *casi, casi lo mismo que me pasa a mí, se perdió mi corona y no puedo jugar a reinar.*

Unidos por su infortunio, lloraron todos juntos, con alivio.

Inesperadamente apareció Despertina, para alegría de Toribio, porque lo primero que dijo la estrella fue "¡basta de llantos!" y limpiando con un pañuelo de nubes las narices de los tigres y del muchacho, decidió convocar nuevamente al Mago Encantado con urgencia.

Como siempre hacía, el Mago lo arregló todo en un momento. Con una varita que traía en la mano, pintó líneas y arabescos en el cuerpo de los tigres.

Estos fueron corriendo a mirarse en un lago cercano y, cuando se vieron igual de guapos como habían sido antes de perder las rayas, empezaron a saltar, a bailar tomados de las manos, a reír a carcajadas. Tan agradecidos estaban que ofrecieron a los amigos hacerles un regalo, lo que necesitaran, dijeron.

El Mago rechazó la oferta, Despertina tampoco quería nada y Toribio les dijo que el que necesitaba ayuda era el joven heredero del Reydebastos. Pero éste no consiguió expresar ningún deseo concreto.

De modo que los tigres hicieron lo que les dictó su generosidad, que era mucha. Uno de ellos le regaló a Laureano el plato de trigo, que de todas maneras ya no iban a necesitar y que les había servido de sustento en sus horas de tristeza, el segundo le reveló un importante secreto y el tigre número tres le dio un beso en la frente.

¡Qué cambio tan grande se dibujó en el rostro del joven! En sus labios apareció una sonrisa maravillosa, se sostenía la frente allí donde el tigre había puesto el beso, mientras contaba a voz en grito el secreto que le había regalado el segundo tigre.

En efecto, tal como pensaba el lobo, al fondo de la cueva de los Sinrayas nacía un camino que llevaba hasta la propia puerta del Castillo de Naipes, y eso estaba apenas a unos pasos del sitio en el que se encontraban.

—*¿Fuiste tú Mago?* —preguntaba riendo Laureano—. *¿Tú me trajiste hasta aquí? ¿O fue tu sabiduría, Toribio, y tu paciencia? ¿O tus ideas brillantes, Despertina?*

—*Oh, no, fuiste tú, la sinceridad de tu historia, tu humildad para pedir ayuda, tu voluntad para resistir a la oscuridad y a las palabras vanas del pavo que se cruzó en tu camino, tu constancia para seguir adelante. Eso fue lo que te hizo llegar hasta aquí. Y también claro, el contar con la ayuda y el cariño de tus amigos* —le respondió el Mago.

—*Conocer el Paísalrevés* —dijo Toribio—, *fue una buena lección. Ahora ya sabes que no siempre todo lo que te cuentan es verdad. Cuando seas rey, seguro que eso te será muy útil.*

Sin que hubiera ningún motivo y para sorpresa de todos los presentes, el príncipe entregó su vara al Mago Encantado, que esa vez no pudo hacer nada por evitar la pataleta.

Toribio quiso detenerle pero no fue lo suficientemente rápido para hacerlo. Cuando por fin Laureano dejó de chillar y patalear, le preguntó:

—*¿Y ahora por qué pataleabas?*

El heredero respondió muy serio:

—*A veces hay que patalear porque sí, para no perder la costumbre y porque ahora soy un niño y puedo hacerlo sin vergüenza, pero cuando sea Reydebastos, puede que no me dejen por no estar las pataletas incluidas en el protocolo.*

—*Ésas son muy buenas razones* —confirmó Desper-tina, a punto de alumbrar una nueva idea.

El Mago Encantado se disculpó por tener que irse, ya que le necesitaban en otro sitio, pero antes le dijo a Laureano:

—*Espero que cuando volvamos a vernos ya seas rey de allí dónde tu corazón lo quiera.*

En las minas de oro
de La Baraja

$\mathcal{D}$espués que se hubo ido el Mago, Despertina dijo pensativa:

—*Buscamos oros ¿dónde los habrán ocultado?, buscamos espadas ¿quién las estará empuñando?, buscamos copas ¿quién las podría estar bebiendo?*

A la primera pregunta, Toribio respondió:

—*El oro está oculto en las minas, en el fondo de la tierra. Quién reine sobre los oros, allí estará escondido.*

—*Eso es exactamente lo que yo pensaba* —aprobó Despertina.

Y el príncipe, dándose una palmada en la frente, dijo:

—*Yo sé dónde están las minas de oro de La Baraja. Cuando era pequeño, mi padre me llevó a visitarlas. Puedo guiaros hasta allí.*

Adelantándose, Laureano tiró de ellos para internarlos por un pasadizo que se encontraba justamente a la salida de la cueva de los tigres y desembocaba frente al foso del castillo.

—*Debemos encontrar la manera de saltar el foso y luego buscar la puerta corrediza. Una vez la hayamos atravesado, hay cuarenta y siete escalones que descienden hasta la mina* —aclaró.

Pensar en salvar el foso parecía imposible y lo era para cualquiera que no contase con Despertina. La estrella tendió de lado a lado del foso un rayo de luz para que Toribio y el príncipe pudiesen andar por encima, cosa que hicieron muy despacio pero con tanta destreza como los más expertos funambulistas.

La puerta corrediza se abrió dejando ver a un loro que descansaba en su percha. Estaba de perfil por lo que los miraba con un solo ojo. Intentaron pasar desapercibidos por debajo de la percha, pero el loro los vio perfectamente y los detuvo:

—*Prohibido pasar* —chilló.

—*¿Y tú quién eres, si puede saberse?* —le preguntó el príncipe Laureano.

—*Soy el as de oros, ¿no lo ves?*

En efecto, la pupila del único ojo visible del loro estaba dentro de un círculo dorado como una moneda.

—*Y además, soy el secretario del rey.*

—*Justamente a él es a quien necesitamos ver. Déjanos pasar* —urgió Laureano.

—*El rey no recibe así como así, está muy ocupado. Y yo no sé y no contesto* —replicó el loro.

Volvieron hacia atrás y llamaron a Despertina para ver qué podía hacerse. La estrella propuso descansar hasta la hora de la siesta: *Quizás entonces el loro «Custodio-del-oro» se dormiría* —dijo—, *después de acudir con su amo a alguna soporífera comida de trabajo.*

Pero llegó la hora de la siesta y el loro seguía muy despierto. De modo que Despertina decidió utilizar uno de sus rayos de luz, apuntándolo certeramente al ojo del pájaro para deslumbrarlo y que no pudiera ver lo que pasaba por delante de su pico.

Después de bajar los cuarenta y siete escalones, se encontraron en lo más profundo de la mina. Y allí, encerrado en un despacho acristalado, se encontraba el Rey de Oros, contando y contando monedas de oro que guardaba en unas cajas, que ponía en otras cajas que a su vez guardaba en otras cajas. Las cajas eran del color del plomo e igual de pesadas.

—*¡Qué diferencia con mi Guardasueños!*, —pensó Toribio, recordando las coloridos archivos que él custodiaba en Confín, con un suspiro que expresaba su nostalgia.

—*¿Qué harás con todas esas cajas de oro?* —no pudo evitar preguntarle Laureano al Rey de Oros, con lo que desveló su presencia.

Sin prestar demasiada atención y mientras seguía contando, el rey contestó:

—*Se las enviaré al Rey de Espadas que las necesita para hacer la guerra.*

—*Y ¿para qué la hace?* —volvió a preguntar el muchacho.

—*Para que yo consiga más oro del botín, lo que me tendrá muy ocupado, porque deberé contarlo y guardarlo en cajas y más cajas.*

Rodeados de tantísimo metal como había en la mina, sentían un frío intenso. Tiritando, Toribio le pidió a Laureano que le preguntara de una vez al Rey de Oros por su padre. Así lo hizo el joven.

Sin dejar de contar y guardar sus oros, el rey le contestó muy abstraído:

—*Habla con mi secretario, es un as.*

—*Pero si tu secretario no sabe y no contesta* —se quejó el príncipe.

—*Por eso te envio a hablar con él, y ahora: fuera de mi vista antes de que termine de contar y empiece a «repartir»* —terminó amenazante.

—*Aquí no hay nada que hacer* —dijo Toribio—, *ven* —y abrazando al príncipe que tenía el rostro de una tonalidad azulada por el frío, cogió la vara de su mano y trazó el dibujo de una ventana en una de las paredes de la mina.

Ése era un truco que solía utilizar el deshollinador que

le había enseñado su oficio y que era muy útil cuando uno se encontraba agobiado trabajando en el interior de una chimenea. El dibujo se convirtió en una ventana de verdad al cabo de unos minutos de desear muy profundamente y con mucho empeño que lo fuese y por allí salieron de la mina de oro.

Fuera los recibió un calor sofocante, el mundo parecía estar echando chispas y una densa humareda cubría el cielo. Es que, al salir de la mina, se habían metido en pleno ensayo general para la guerra, que el Rey de Espadas celebraba en la Plaza de Armas del Castillo de Naipes, junto al Patio de Banderas.

Inmediatamente, se les acercaron unos caballeros que empuñando sus armas les dieron el alto, mientras preguntaban si eran amigos o enemigos.

Sin saber qué contestar, Laureano intentó una treta. Dijo:

—*Venimos de ver al Rey de Oros.*

Los caballeros bajaron sus espadas pero, no conformes del todo, preguntaron por la contraseña.

El príncipe balbuceó algo que sonaba muy raro, de manera que los caballeros empezaron a sospechar y los enviaron presos, empujándolos con sus espadas hacia el interior del Castillo de Naipes.

—*Bueno* —fue el comentario de Toribio—, *por lo menos estamos dentro de lo que estuvimos buscando, quizás podamos saber algo sobre tu padre y su corona.*

—*Pero estamos presos, nadie vendrá a hablar con nosotros* —contestó Laureano pesaroso.

—*Oh, estoy seguro de que alguien vendrá* —dijo Toribio que era muy optimista y nunca perdía las esperanzas. Tenía razón. Por la noche, cuatro seises de espadas los condujeron al Salón de los Casos Perdidos que se encontraba en el ala izquierda del castillo.

¿Qué pasó con el Reydebastos?

Allí fueron recibidos por el Rey de Copas, que lo que tenía perdido no era un caso, sino la cabeza de tanto beber copas de julepes de menta.

El Rey de Copas en cierto modo se parecía al pavo real aunque a su charla vana él la llamaba de una manera pintoresca: «hacer relaciones públicas».

Una y otra vez hablaba de sus éxitos y, según pudieron entender, éstos habían comenzado cuando el Rey de Espadas, aburrido de jugar en La Baraja a los mismos juegos, decidió jugar a la guerra en serio.

—*«¡Vaya locos!»,* —pensaba Toribio oyéndolo—, *«jugar a la guerra por el botín lo llaman hacer la guerra en serio». Locos y peligrosos* —concluyó. Y una vez más sintió nostalgia del pacífico Confín, con sus estufas calentitas y su Guardasueños.

Aunque al principio nadie quiso prestarse a su juego, relató el Rey de Copas bebiéndose un anís a grandes sorbos, su colega de Espadas convenció al de Oros, prometiendo regalarle todo el botín que cobrara en la guerra, pero el argumento definitivo que hizo que el rey de Oros lo ayudara, fue que el de Espadas explicó que su primera acción sería una guerra contra la Otra Baraja y que apenas capturara los diamantes se los cedería.

—*Yo, por mi parte, me uní a ellos* —continuó— *porque nadie quiere nunca estar conmigo y me prometieron que serían míos los corazones que se conquistaran en la guerra. Con todos esos corazones de la Otra Baraja por fin estaré acompañado y ya no tendré que hablar y beber solo.*

Pese a su disgusto, Toribio no pudo menos que sentir lástima por ese pobre rey, aunque no la suficiente como para aprobar su conducta.

Sólo faltaba el Rey de Bastos, siguió relatando el Rey de Copas, al que supusieron le iba a interesar quedarse con los tréboles, para ampliar sus heredades. Pero se equivocaron. Desde un principio el Rey de Bastos se manifestó en contra de la guerra.

Apenas le comentaron su proyecto los otros reyes había sentenciado con energía: «Es un juego peligroso. Prefiero jugar un solitario o romper La Baraja.»

Ante esta actitud, los otros se confabularon para dejarle fuera de juego. Lo reemplazaron por un comodín que hacía cualquier cosa que le pidieran. Precisamente en ese momento actuaba como rey de bastos suplente.

—*¡Ése es un impostor!* —no pudo evitar gritar el príncipe Laureano—, *¡que devuelva la corona de mi padre!*

Afortunadamente, el Rey de Copas no comprendió el sentido de sus palabras porque estaba casi dormido. Entre hipos alcanzó a balbucear:

—*Eso es imposible, porque no la hemos encontrado. Ahora mismo la principal misión del servicio secreto de La Baraja es justamente descubrir dónde está esa corona.*

Después de decir esto, subrayándolo con un ronquido, se sumió en un sueño profundo.

Fue ése el momento que aprovechó Despertina para entrar y decir que había oído la conversación y ya había consultado con el Mago Encantado. El Mago había dicho que la clave se hallaba en un cuadro que colgaba de la pared del Salón de los Casos Perdidos.

La Dama de Baza

El único adorno que había en las paredes del Salón era una pintura que representaba una sota recostada en un sofá, y en realidad era un cuadro falso. La Maja Tozuda, que así se llamaba la sota, estaba encerrada en él, porque sabía pero no había querido desvelar dónde estaba la corona del Reydebastos. Era la principal sospechosa de haberla ocultado. El cuadro era una celda disimulada.

Le quitaron el marco para dejarla salir y La Maja, una vez libre, les explicó que había entregado la corona a la Dama de Baza, que precisamente estaba jugando en ese mismo momento a la siete y media en el cuarto contiguo. Ella misma los condujo hasta allí y luego se marchó para que no la encontraran y volvieran a castigarla los Tres Reyes Malos.

La Dama de Baza merecía absolutamente su apodo. Siempre que jugaba, vencía y recogía naipes y puntos en todas las bazas que se le presentaban.

Viendo a los amigos asomados a la puerta, comprendió quienes eran. Cantó las cuarenta aunque no venía al caso, y abandonó el juego por un rato, para alivio de los demás jugadores, que estaban hartos de perder hasta la camisa.

—*Hace tiempo que te esperaba* —dijo la Dama de Baza, dirigiéndose a Laureano—. *La sota me dio la corona porque soy experta en ocultar cosas.*

El príncipe la miraba con alivio y escuchaba con atención sus tranquilizadoras palabras.

—*Yo misma estuve oculta durante siglos, hasta que me encontraron* —añadió, y quitándose uno de los muchos anillos que adornaban sus dedos, se lo entregó al príncipe acompañando su gesto de las siguientes instrucciones:

—*Pon este anillo en tu dedo índice y deja que él te indique el camino a seguir en adelante. Confía en mí y ahora, discúlpame, debo dejarte, el juego debe continuar. Adiós.*

Laureano, sin darse cuenta de lo que hacía, llevó su dedo índice al corazón y dijo a la Dama de Baza:

—*Muchas gracias.*

Entonces notó que se iba elevando del suelo y rápidamente alcanzó la mano de Toribio para que subiera con él. Pronto se hallaron en el cielo junto a Despertina.

Así viajaron dejando atrás el Castillo de Naipes sobre el que empezó a soplar un fuerte viento. Desde arriba se lo veía casi cubierto por el humo negro de la guerra, su frágil arquitectura parecía congelada por el frío del oro, y el alcohol de las muchas copas bebidas en soledad por el Rey de las mismas desdibujaba sus contornos.

La Reina de Corazones

Cuando el príncipe Laureano, en cierto momento, retiró la mano de su pecho y apuntó con el índice hacia el suelo, empezaron a descender hasta que aterrizaron en el campo.

Parecía ser un sitio de buena suerte porque no se veían por ningún lado despachos ni guerras y no se escuchaba a nadie hablar en vano. Por todas partes crecían tréboles de cuatro hojas, un poco más lejos las picas se dedicaban a labrar surcos en la tierra para sembrar más tréboles, y los diamantes se preparaban para convertirse en gotas de lluvia y regar la siembra.

En el centro del campo había una muchacha sentada, cuyo rostro no podían ver porque les daba la espalda.

Cuando Laureano extendió la mano para llamarla, esta vez sin señalar con el dedo índice porque recordó que era de mala educación, ella se dio vuelta y se incorporó sobre sus pies descalzos. Era la joven y hermosa Reina de Corazones.

—*¿De verdad piensas reinar?* —preguntó entregando la corona del Reydebastos a su heredero.

—*Me parece que no* —respondió Laureano—, *o sí, pero sólo donde estés tú. Lo dijo mi amigo el Mago Encantado, ¿sabes?, que tengo que reinar allí dónde mi corazón lo quiera.*

Y, tirando la corona hacia atrás, se quitó el anillo del dedo índice y lo puso en el dedo anular de la reina.

Ella sonrió, aceptando el anillo, y pareció que en ese instante todo a su alrededor cantaba.

Los diamantes llovían en forma de suaves gotas de rocío y las picas convirtieron la corona arrojada por el príncipe en una reluciente herradura con forma de corazón, adornada por ramos de laurel.

El Mago Encantado hizo una última y fugaz aparición para dar la enhorabuena al príncipe Laureano. Despertina rozó con un leve haz de luz a los novios y a Toribio, en señal de despedida.

Y éste, considerando cumplida su misión de ayudar al heredero del Reydebastos, emprendió el regreso por una senda que lo llevó directamente hasta Confín.

Observó que no quedaba ni rastro de lo que había sido el Castillo de Naipes y el reino de La Baraja. Se lo había llevado un fuerte y cálido viento, quién sabe adónde.

—«*Tal vez esto no fue más que el sueño de una tarde de invierno*» —pensó Toribio al pasar.

Sin embargo, cuando llegó al Guardasueños de Confín, encontró sobre su mesa, aquélla en la que el príncipe había depositado su vara la tarde en que fue a buscar al deshollinador, una herradura hecha de tréboles y laurel junto a un ramito de flores de nomeolvides. Acompañándola, había una nota firmada por Laureano y la Reina de Corazones, en la que Toribio leyó:

«He conseguido reinar donde mi corazón lo quiere. Te ruego que conserves para siempre nuestra ilusión en tu archivo. Gracias.»

El deshollinador guardó estas cosas en un archivador especial al que dio sitio preferente en sus estanterías y también las guardó para siempre en su memoria.

Y, si llegado el caso, los curiosos de Confín le preguntan por qué cierta vez estuvo sin aparecer por el Guardasueños durante varios días, desatendiendo el archivo y acumulando el trabajo, Toribio responde sacando el archivador de color blanco luminoso y, mientras lo va mostrando, cuenta esta historia.

3
El Canto de la Sirena

Lágrimas de perla

Valdemar de los Ríos nació el día uno de un mes cualquiera del año de no me acuerdo y aprendió a bucear antes que a nadar y a nadar antes que a andar, lo que no es raro si se tiene en cuenta que era hijo, nieto, biznieto y tataranieto de gentes del mar, que tal era la familia de los Ríos, pescadores de perlas todos ellos.

Como cualquier niño nació con todos los recuerdos de quienes le precedieron impresos detrás de su frente y con todos los recuerdos por venir sabidos de antemano, pero como todos ellos, también, los olvidó al ser alumbrado y tuvo que aprenderlos otra vez y paso a paso, a lo largo de su vida.

Un episodio temprano del que fue protagonista hubo de cambiarle el rumbo a Valdemar. Tenía pocos años cuando jugaba con una pareja de hipocampos mientras esperaba que su padre diera por terminada la cosecha del día, en las profundidades marinas. Al hacer un movimiento brusco, se le enredaron los rizos en una mata de corales. Quiso desprenderse sacudiendo la cabeza y vio a una ostra pequeña que brillaba destellando en el azul, mientras caía lentamente hacia el fondo. Detuvo el niño el descenso de la ostra cogiéndola entre sus manos y tuvo el impulso de esconderla para que no pudieran quitársela, aun a sabiendas de que podía ser reprendido por ello, cuando para su sorpresa oyó que desde el interior de la ostra manaba un sonido acongojado, diríase que un llanto.

Con la ostra escondida en el puño cerrado se dirigió a la entrada de la cueva del calamar gigante que, cuando dormía la siesta, echaba una cortina de tinta china para que no lo molestaran y allí se ocultó con su hallazgo. Volvió a mirar la ostra y la llevó hasta su oído tal como se hace con una caracola o una cajita musical y, en efecto, oyó un llanto corto y luego nada, silencio. Abrió entonces las valvas del molusco y vio unas lágrimas de nácar, mudas y tristes.

Nadó veloz y hacia arriba en busca de Tortúgalo, un galápago amigo suyo que, en muchas ocasiones, lo invitaba a subirse sobre su caparazón y lo llevaba a pasear por las aguas y le explicó lo sucedido, preguntándole si era posible que las ostras lloraran. La respuesta fue:

—*La ostra que encontraste ha muerto, la perla que se alojaba en su interior y que los pescadores le quitaron era su corazón y antes que ella murieron muchas más, tantas como lo harán después. Porque siempre vendrán los hombres buscando perlas para adornarse y si no perlas, corales, y cada vez que vengan matarán ostras y el paisaje de nuestro mar, o querrán comerse todos los peces y nos dejarán como recuerdo de su paso las negras babas de sus barcos y, poco a poco, ninguno de nosotros tendrá aire para respirar ni nada que comer y, por último, conseguirán convertir nuestro hogar en un inmenso cementerio de aguas malolientes.*

Y así diciendo, comenzó a alejarse. Impresionado por las palabras de su amigo Tortúgalo y desolado ante las verdades que de pronto se le habían descubierto, Valdemar preguntó:

—*Pero tú, ¿por qué te vas? ¿Tienes también algo que temer?*

—*Ya lo creo, tú ves mi rostro gris y arrugado y mi casa sólida que parece inexpugnable, y para ti soy un buen amigo con el que juegas y hablas, pero lo que de mí ven los hombres es que, por dentro, mi carne es tierna y con ella se pueden cocinar sabrosas sopas y mi caparazón no es más que un puñado de peines y peinetas para sujetar el cabello de sus mujeres.*

Recordó las lágrimas brillantes de la ostra mientras las amargas palabras de la tortuga ardían en su frente, escuchó el torbellino de risas de los hipocampos, miró la filigrana sutil que dibujaban los corales y las algas en el jardín del mar y, allí mismo, el pequeño Valdemar tomó la primera decisión de su corta vida. De un salto se encaramó sobre el lomo de la tortuga y se marchó con ella muy lejos de allí.

Cansado, antes de dormirse, alcanzó a pensar: «*el mar tiene muchas voces que los hombres ni entienden ni atienden*». Se quedó dormido y soñó un sueño largo, mientras lo velaba, como siempre hacía, su Ondina de la Guarda.

Fue ella la que al nacer le había transmitido un poder que le acompañaría a lo largo de su vida: el oído del corazón, que es la capacidad de escuchar a otros seres aunque no hablen y, para que no fuera inútil su conocimiento, le concedió también el don del consuelo infinito de las palabras que, por ser ciertas y bondadosas, ofrecen amparo y quitan soledad.

Valdemar de los Ríos solía soñar en colores. Sus sueños le revelaban muchas cosas que despierto no alcanzaba a comprender. El color de su sueño de aquel día fue primero de un azul profundo, luego verde claro y, más tarde, dorado, como el sol que lo devolvió a la vigilia.

Cuando despertó, Valdemar se había hecho mayor y se encontraba solo en una playa, pero recordaba nítidamente lo que había ocurrido y fue entonces cuando se prometió a sí mismo no hacer nunca nada que dañara a ninguna criatura viva de la tierra o del mar.

El sitio donde había depositado la tortuga a Valdemar dormido no era otro que la playa del reino de Confín, aunque éste aún no lo sabía.

Se desperezó, pidió permiso a un plátano para coger una fruta con la que desayunar y pensó: «*He de buscar trabajo para comer y he de vivir en algún sitio y lo peor es que no sé hacer nada y nada conozco, salvo el mar y sus criaturas y a algunas personas que están muy lejos de aquí y de mi corazón*».

El Cartero del mar

Hubo suerte. Por la época en que Valdemar de los Ríos llegó a Confín, un tal Miguel Estragón, vecino de ese reino, andaba organizando el Correo del Mar.

Confín tenía muchas islas e islotes y, para comunicarse con los parientes y amigos que en ellos vivían, los vecinos tenían por costumbre enviar sus cartas y mensajes en frascos y botellas, una manera muy buena de utilizarlos cuando quedaban vacíos. En la Oficina de Correos se podían recoger botellas si no se tenían en casa y también devolver aquellas en que se habían recibido mensajes para volver a aprovecharlos.

Si alguien quería enviar un telegrama podía hacerlo en los frascos minúsculos y de cristal muy fino donde se guardaban los extractos de jazmín o azahar que usaban las muchachas de Confín para perfumarse el escote.

Todas las tardes, con la marea alta, llegaban cartas embotelladas desde las islas y de otras tierras allende los mares y el cartero se ocupaba de recogerlas y repartirlas por las calles de Confín. A su vez, quien tenía botellas con mensajes para enviar se las entregaba o las llevaba a las Oficinas de Correos, para que, al día siguiente, se distribuyeran entre sus destinatarios.

Un viejo y valiente pirata retirado en Confín, llamado Paco Drac, que en su juventud se había hecho famoso por su amor a la libertad y sus rimas vehementes, había donado su velero bergantín para que fuera puesto al servicio de Correos. El buque conservaba intacto su hermoso mascarón de proa que representaba a dos alados y emplumados grifos sentados ante una mesa de taracea, jugando al ajedrez.

En la quilla podía leerse la frase que hiciera famoso al capitán pirata: ***Robando a otro pirata, a nadie darás la lata.*** En efecto, ése había sido su lema y su filosofía profesional durante sus muchos años de correrías por todos los mares. Sólo se dedicaba a abordar a otros buques de la piratería y esta conducta le había valido el aprecio de cuantos lo conocieron.

Como Valdemar de los Ríos fue el único aspirante a Cartero del Mar, le dieron el puesto y cuando se enteró de cual era su cometido, se sintió feliz y agradecido por la doble oportunidad que se le brindaba, ser vehículo de palabras y hacerlo por mar, dos de las cosas que más amaba.

Llevaba un tiempo haciendo su trabajo, cuando cierto día en que Valdemar navegaba sin rumbo fijo, ya había repartido el correo y regresaba despacio hacia la costa de Confín, pasó por la Isla de la Media Lluvia, cuyo nombre se debía a que en la mitad de su territorio estaba siempre lloviendo y en la otra mitad lucía siempre el sol.

Aunque él aún no la había visto, se decía que allí habitaba una hermosa sirena que casi nunca se dejaba ver. Como tantas otras veces, aunque sin esperanza, Valdemar miró hacia la isla para ver si la descubría y, para su sorpresa, allí estaba, duchándose con el chorro de agua que arrojaba la Ballenablanca sobre su cuerpo, un ser bellísimo, mitad pez, mitad mujer, cuya larga cabellera tenía el color que pinta el sol en el cielo a la hora del ocaso.

Como nadie conocía su nombre, todos se referían a ella como Trenza-roja, reina, señora y leyenda del mar que bañaba las costas de Confín y de sus islas: el Mar de los Zarpazos, así llamado porque en sus aguas nadaban abundantes peces-tigre.

Valdemar quedó patidifuso al contemplar la belleza de la sirena, de manera que detuvo el barco, torció a babor, reviró a estribor y bajó las velas para acercarse, y así fue como el mascarón de proa quedó hecho un lío y los grifos protestaron porque sus trebejos cayeron al agua y a duras penas pudieron recobrar a Neptuno, el rey, y perdieron para siempre a una Nereida que hacía las veces de reina y que más tarde hubo que pintar de nuevo.

Trenza-roja tenía medio cuerpo extendido en la mitad soleada de la isla, el que le ayudaba a refrescar la ballena; en cambio, de la cintura para abajo, su cuerpo de pez descansaba en la zona que mojaba la lluvia.

Valdemar se bajó del velero y anduvo con el agua besándole los talones hasta que estuvo cerca y frente a frente de Trenza-roja. Dijo su nombre y preguntó por el de ella, que no dijo una palabra, aunque lo miró profundamente a los ojos con una mirada triste y azul en la que Valdemar deseó quedarse a vivir para siempre y que, por el contrario, lo indujo a decir un adiós apresurado y algo tartajoso y le provocó el deseo de marcharse cuanto antes de allí. Antes de coger el timón para volver a Confín hizo bocina con sus manos y gritó:

—*Ya sabes que si quieres enviar alguna carta, aquí me tienes, pasaré todas las tardes y si no quieres mandar cartas pasaré igualmente, porque ya no podré pasarme sin pasar.*

Desde ese mismo instante, en su hoja de ruta, en su cuaderno de bitácora, en su brújula y en la rosa de los vientos, así como en su corazón generoso, Valdemar trazó para siempre la coordenada única a la que conducirían todos los viajes de su vida, de ahí en adelante.

Cada tarde visitaba a Trenza-roja, que jamás tomaba la iniciativa de hablarle ni respondía a sus palabras, pero que lo miraba atenta. Sintió y oyó su tristeza sin palabras, entendió que estaba muda de soledad y de confusión. Era una persona a medias y una, a medias, criatura del mar.

Para acercarse a ella y a sí mismo le contó toda su vida de antes de la ostra cuyo llanto oyera hacía ya tanto tiempo, y su vida en Confín como Cartero del Mar y creyó que a ella le gustaba la música de sus palabras.

Para alegrarla, le relató el cuento del hombre desobediente que se ocultó de su Señor en una ballena y sólo en las profundidades del vientre del animal pudo ver la luz, historia ésta que despertó interés no sólo en Trenza-roja, sino también en la ballena que le prestaba su depósito de agua cada vez que lo necesitaba para refrescarse.

Cierto día, puso un pie en la Isla de la Media Lluvia y plantó para ella una calabaza para que la cubriera del sol y no se abrasara a la espera de su ducha. Lo hizo después de contarle el cuento del hombre que quedó a merced de las inclemencias del tiempo y de todos los males, recomendándole que, como él, tuviera paciencia, y pudo ver que una lágrima descendía desde su pupila azul hasta la arena que la bebió anhelante.

La trama de los sueños

Pasaron meses y meses hasta que un día a Valdemar se le agotaron todos los cuentos que albergaba en la memoria sin que hubiera conseguido su propósito de que Trenza-roja le contestara y saliera por fin de su soledad. Pero no se resignó y decidió buscar libros para leerle y seguir visitándola con ese fin. La tarde que Valdemar llegó a la Isla de la Media Lluvia y se puso las gafas que él mismo se había hecho soplando vidrio a partir de arena fina, no tenía esperanza alguna de que las cosas fueran a cambiar, pero se equivocaba.

Abrió el libro que había escogido, que era de islas y guerras, y leyó para Trenza-roja la historia del marinero griego que tapó los oídos de su tripulación para que no oyera las voces de las sirenas. Al llegar a ese punto, se quitó las gafas y le preguntó o se preguntó a sí mismo:

—¿Por qué crees que habrá hecho eso y además, atarse a su barco y alejarse cuando yo lo único que quiero es quedarme aquí, con barco y todo, desatarme y oírte cantar? Tal vez las sirenas de entonces no cantaban bien, ¿acaso desafinaban? ¿Quizás sus voces eran broncas y rudas y no dulces y finas como yo imagino que será la tuya cuando cantes?

Una especie de aire fresco, como una risa, voló desde el pecho de Trenza-roja, y Valdemar oyó estas palabras como si ella las estuviera pronunciando claramente:

—Quizás el marinero de tu cuento no sabía nada de sirenas, acaso lo que no estaba bien afinado no eran las voces ni los cantos de sirena sino los oídos que no estaban preparados para escuchar.

Sorprendido y confuso, como para no romper el fino hilo que se había tendido entre ellos, casi sin aliento, Valdemar pasó rápidamente las páginas para seguir leyendo, para seguir oyendo lo que ella no decía con palabras pero sí hacía con su voz interior, hasta llegar al episodio de la mujer que esperaba al marinero tejiendo y destejiendo una trama para engañar a los de fuera mientras ella se mantenía firme en la propia certeza que tenía dentro.

Al oír esa parte del relato, por primera vez desde que Valdemar la conocía, Trenza-roja hizo ademán de acercarse, el movimiento de su cuerpo fue leve pero inequívoco. Quería volver a escuchar la historia de la mujer.

Una vez que Valdemar la hubo repetido, la «oyó» decir, igual que la vez anterior:

—Lo que la mujer tejía no era una tela de lino o de

lana; eran sus fantasías y sus sueños lo que urdía, lo sé porque también yo lo hago mientras espero. Es el oficio de esperar lo que lleva a tejer. Ayúdame para que acabe esta larga espera y pueda vivir mis sueños en lugar de tejerlos.

Valdemar supo de inmediato lo que tenía que hacer. Sintió de manera tan vívida su pesar, su destino doloroso que la había hecho nacer sin palabras y que la condenaba a la soledad y a ser dos en lugar de una y a ser medio de algo y un entero de nada, que sufrió por ella. Porque sabía que los seres que nacen así nunca pueden estar cerca de nadie porque de su corazón no salen las palabras y tampoco los alcanzan las palabras de los demás.

—*Te ayudaré* —prometió.

Y entonces miró a Trenza-roja y vio lo más conmovedor que había visto en toda su vida, la sonrisa de una sirena y una luz que parecía manar de su frente y que, era al mismo tiempo, respuesta agradecida y confianza primera.

Para confortarla, le dijo en voz bajita al despedirse:

—*Sé quien eres tú, la sirena que casi nunca habla pero que una vez sonríe. Y sé también que estás decidida a recuperar la palabra y a ser quien eres y no quien creen los demás que eres.*

Y, dicho esto, se marchó.

Sopa de letras

Cuando Valdemar de los Ríos pasaba por un mal momento o sentía su corazón atribulado, tenía dos recetas infalibles: una era cantar y la otra tomar sopa. A la hora que regresó a Confín, próxima a la cena, se decidió por la segunda. Además, le picaba un poco la garganta por haber estado leyendo toda la tarde junto a Trenza-roja, por lo que pensó que un buen tazón de sopa caliente aliviaría ambas cosas, su tristeza y su garganta irritada.

Se dirigió a la fonda del francés Maxim, famosa por la especialidad estrella de su menú, *La sopa lista*, y pidió una ración.

—*¿Con qué quieres la sopa, Valdemar?, ¿arroz o letras de pasta?* —le preguntó el camarero.

Dadas las circunstancias, el cartero se decidió por la sopa de letras, como para no cambiar de tema.

Pronto llegó la sopa humeante que inundó el aire con un perfume de albahaca y salud, y cuando Valdemar fue a hundir la cuchara para servirse vio algo muy extraño. Las letras no estaban dentro del caldo sino ordenadas alfabéticamente en el borde del tazón de loza.

—«*Estoy cansado* —pensó—, *veo visiones*».

Intentó sumergir las letras en la sopa, ayudándose con la cuchara, pero éstas se negaron pese a sus repetidos intentos y empezaron a moverse hasta quedar ordenadas en palabras que formaban un mensaje que Valdemar pudo leer con claridad:

«*Ella necesita las palabras auténticas, las olvidadas, las que están en el origen y en lo más profundo del sentido, las encontrarás si realmente lo deseas con toda tu alma, porque sólo así pueden convocarse las palabras apropiadas. No es fácil, porque no se buscan, se encuentran.»*

Y una vez hubo leído esto, y antes de que tuviera tiempo de repetir la lectura, todas las letras se zambulleron en la sopa y por más que quiso sacarlas para que volvieran a ordenarse como antes lo habían hecho, no lo consiguió.

Por las dudas, Valdemar se comió hasta la última de las letras de la sopa: *«Así me las llevo puestas»,* pensó. Antes de ir a su casa a dormir, pasó por la escuela que estaba cerrada y echó un vistazo a la pizarra, por si la señora maestra hubiera olvidado borrar alguna palabra útil para sus propósitos, pero no tuvo éxito. La pizarra estaba limpia y reluciente, negra y dormida.

La biblioteca también estaba cerrada a esa hora, por lo que no pudo consultar ningún libro y Toribio estaba echando la llave al Guardasueños de Confín, cuando pasó por allí el cartero. Quiso sincerarse con él, que custodiaba tantas palabras hermosas de la gente que le confiaba sus sueños o de aquellos que mantenían vivas sus ilusiones y esperanzas, pero el archivero lo disuadió:

—*Pero Valdemar* —le dijo—, *aunque yo te dejara leer todo mi archivo, no te serviría de nada. Para lo que tú necesitas no valen las palabras ajenas, tienen que ser las propias de Trenza-roja, las que tú descubras para que ella pueda habitar.*

—¿*Se habitan las palabras?,* —preguntó sorprendido Valdemar de los Ríos.

—*Por supuesto* —contestó el guardasueños—, *como se habita el corazón y el nombre que uno lleva. Si no fuera así ¿cómo podríamos hablar con sinceridad? Sería como hablar de prestado, sin sentido y sin propósito.*

Y viendo lo preocupado que parecía estar el cartero, añadió:

—Vamos, ahora vete a descansar, eres una buena persona y seguro que hallarás el camino sincero, el de las palabras de verdad.

—Yo sólo quiero ser un puente —confió Valdemar a Toribio—, un puente de palabras que le sirva a Trenza-roja para llegar hasta los demás y para que los demás puedan llegar hasta ella, aunque no sea siempre yo el que esté al otro lado de sus palabras.

—Haz lo que te digo, descansa —insistió Toribio para tranquilizarlo—, ya estás en el camino.

Decálogo de los bien hablantes

Cayó rendido Valdemar en su cama mientras, en torno a su cabeza, zumbaba una nube de palabras incomprensibles y, sin transición, pasó al sueño y en él la nube de palabras se trocaba en bandada de mariposas mensajeras. Soñó que estaba a orillas de un río con una caña tratando de pescar el alba y que con una red intentaba atrapar el sol y que lloraba porque no conseguía hacerlo.

Soñó que subía por una montaña de papel mojado que entorpecía el movimiento de sus piernas y le impedía pronunciar palabras auténticas. Soñó que llegaba a una alta torre, que se llamaba la Torre de Papel, en la que se confundían las palabras de setenta lenguas distintas, porque eran palabras de orgullo y arrogancia dichas por aquellos que nunca quisieron escuchar ni entender al prójimo.

Y después soñó que llegaba al Valle del Silencio donde descansaba de tanta palabrería. Algo o alguien tocó su hombro y, cuando giró sobre sí mismo, vio una letra pequeña, erguida y airosa sobre sus dos patas que se presentó así:

—*Soy la letra Aleph.*

Y en su sueño Valdemar quiso saber:

—*¿Cuál de ellas?*

Y la letra aclaró con presteza:

—*La de siempre, la más antigua, la primera y, también, la que reinventó el ciego que veía claramente el sur.*

Y añadió sencillamente:

—*Estoy siempre donde estás tú ahora, al principio del*

camino. Si quieres recorrerlo entero, ven y acompáñame, porque sin mí no es posible la pAlAbrA.

Y Valdemar alcanzó a alegrarse por un encuentro tan oportuno antes de seguirla y juntos llegaron a una feria en la que se exponían todas las palabras. Había un kiosco de frases hechas a medida y de confección que Valdemar descartó inmediatamente porque lo que buscaba eran palabras frescas para que Trenza-roja las pudiera inaugurar con su voz única, que nadie había oído aún.

Había también una tienda de refranes y palabras al uso, que él más bien pensó que debía llamarse «de usar y tirar», porque lo que vio allí no le gustó nada. Por el contrario se disgustó muchísimo al leer cosas tales como *Más vale pájaro en mano que ciento volando*. A tal punto, que estuvo argumentando largo rato con el tendero, insistiendo en que cien pájaros volando tenían para él un valor incalculable, al igual que para todo aquel que pudiera contemplarlos en su inmensa belleza, cuando poblaban el aire con su vuelo. Tan mal se pusieron las cosas que amenazaron con echarlo a patadas de allí.

Fue a una farmacia de palabras, donde había un armario con palabras de consuelo y de curar, que servían para acariciar en susurros y para restañar las lágrimas, pero cuando pasó a la sala de espera, se puso muy triste porque vio cuánto dolor podía esconderse detrás de algunas letras y cuantas heridas habían dejado en las personas los textos quemados y cuánto necesitaban aún los hablantes y escribientes enfermos, de los largos y complejos tratamientos de rehabilitación.

Pero no todo fueron malos ratos. Disfrutó de su visita a la exposición de los juegos de palabras, participó de corros en los que pudo bailar al son de las ingenuas y disparatadas letras de las canciones infantiles y lo pasó en grande convocando genios y abriendo entradas de cuevas con las palabras mágicas. Tuvo también oportunidad de prestar atención y guardar en su memoria algunos libros de fe y esperanza o las palabras inspiradas que recitaban gentes de todos los tiempos y en todas las lenguas, que encontró, aquí y allá, destacándose entre las palabras vanas.

Durante el largo recorrido, estuvo casi siempre acompañado por la letra Aleph, aunque en algunos momentos, cuando la presencia de ésta no era necesaria, ella cedía el testigo a otras letras del abecedario, de modo que Valdemar pudo estar un rato con cada una de ellas.

De pronto, escuchó un cascabel que tintineaba a su lado y vio una especie de trasgo o trazo pequeñito que apenas alzaba un palmo del suelo y tenía la siseante forma de la letra zeta. Valdemar se agachó para estar a su altura y la oyó decir con mucho gracejo:

—*Zoy la zeta ¿Quierez venir conmigo hazta el fin?*

Y al igual que había hecho antes con la letra Aleph, el cartero preguntó:

—*¿Qué clase de zeta eres, zeta?*

Y ella rió y dijo:

—*La que en griego zignifica vida.*

Y hablaba ceceando y riendo tan dulcemente que Valdemar se cogió a su mano y la acompañó. Caminaron largamente acoplando él su paso a la manera zigzagueante de andar que tenía la letra hasta que se sintió mareado. Justo entonces llegaron a un aljibe, junto al que se detuvieron, y preguntó:

—*¿Dónde estamos?*

Y la zeta contestó:

—*Ezte ez un pozo de zabiduría.*

Y, dicho esto, le dio un suave empujón y Valdemar cayó y cayó por las aguas hasta el fondo del pozo profundo, hasta que se encontró en suelo seco, de pie y frente a un cofre cerrado. Algo desconcertado y sin saber qué hacer, estuvo un rato quieto mirando la tapa del cofre en la que podía leerse la frase:

TOMA LA PALABRA

Justo lo que él quería hacer, pero se preguntó si le sería posible, ya que el cofre estaba cerrado y él no tenía la llave para abrirlo. Como respondiendo a su muda pregunta, oyó la voz de la zeta que hablaba perseguida por su eco, como si su voz se mirara en un espejo de vidrio y azogue.

—*¡Ahí va la llave!*

Y acto seguido oyó el tintinear de una llave de la que también sonaba el eco que rebotaba y devolvía la pared de piedra pulida del pozo.

Y puso Valdemar la llave en la cerradura del cofre que se abrió revelándose completamente vacío, a excepción de un viejo pergamino que dormía en su interior y en el que leyó:

LOS DIEZ FUNDAMENTOS

La palabra es la que es.
Serás fiel a tu palabra.
No pronunciarás palabra vana.
No hablarás con palabras falsas.
No te apropiarás de la palabra ajena.
No matarás ni harás daño de palabra.
No dirás palabras que no salgan de tu corazón.
Honrarás la palabra.
Descansarás en el silencio cuando no tengas nada que decir.

Cuando Valdemar terminó de leer el pergamino que guardaba el cofre, sintió que una fuerza desconocida lo alzaba desde el fondo del aljibe y lo llevaba hasta la superficie. Buscando estaba a la letra zeta que lo había conducido hasta allí, lleno de ilusión y de alegría, cuando despertó.

El traje de Vera

Casi brincando de contento, se marchó al trabajo y dedicó toda la mañana a repartir cartas y a recogerlas, ensayando una y otra vez las palabras que después llevaría a Trenza-roja.

Por fin llegó la hora de ir a visitarla, las cinco en punto de la tarde, la hora en que se celebran en el mar los torneos de esgrima de los peces-espada, incruentos y entre iguales, bellos y nobles. Sin embargo, cuando estuvo frente a ella, se le olvidó todo lo que había ensayado, pero se armó de valor y de ternura para decirle sencilla y humildemente:

—*No tengo la suerte de conocer tu nombre de bautismo, ni sé cómo te llamas o cómo quieres que te llame, pero créeme que mi corazón te nombra como tú necesitas que lo haga. Y te escucho y te hablo siempre, dormido y despierto, en serio y en broma y en mí tendrás siempre a alguien que deseará escuchar lo que sea que nombres y quieras decir.*

Y terminó, con voz casi inaudible:

—*Sin tu palabra nombrándome, mi nombre no vale la pena.*

Y al oírlo, en Trenza-roja —que, como siempre, permanecía recostada en su isla medio al sol y medio a la lluvia con su pose de sirena— empezaron a producirse unos cambios prodigiosos.

Su traje de escamas se convirtió en una larga falda de flecos a través de la cual se adivinaban dos piernas acabadas en dos pies como de niña, que se posaron sobre la

arena de la isla desnudos e inocentes como quien pisa
por vez primera, tal como ella estaba haciendo. Valdemar
pudo ver entonces cómo le daba la espalda y recogía
una parte del vuelo de su falda de flecos para echársela
sobre el hombro, como una túnica que le cubrió el pecho, dejando entrever su hermosura pero ocultando su
intimidad.

Y se oyó su voz por primera vez y era como un canto
a sí misma: «*Soy quien soy. Soy única y estoy por fin entera y
me llamo Vera, que es un nombre de verdad*».

No alcanzó Valdemar a contestarle y a expresarle la
emoción que lo embargaba al oírla y saber su nombre,
que ya estaba ella distraída por la pura distracción y dis-
puesta a distraerse con todo lo hermoso y bueno de éste y
de otros mundos. Y ya se iba andando ligera por las aguas,
por lo que él sólo tuvo tiempo de decirle:

—*Te esperaré, ya lo sabes, porque te esperé cuando no
sabías ni decir tu nombre y te esperaré ahora que eres Vera
hasta que digas el mío para llamarme a tu lado.*

Y cualquiera podría pensar que estaba triste, pero no
era así, porque Valdemar siempre había sabido que cuando se tiene de verdad la vocación de tender un puente
para que pasen otros, no siempre al cruzarlo querrán ir
en nuestra dirección pero lo mejor es que vayan, hacia
donde quiera que sea su propio destino, hacia donde
quiera que sea que lo lleve su auténtico nombre y su
significado.

A orillas del mar, sentado en la isla en la que había
cesado la lluvia y sobre la que caía el crepúsculo por todo
el cielo que la cubría, descansó su antebrazo derecho sobre el muslo y apoyó el mentón en la mano abierta con la
palma hacia arriba.

Así lo vieron, quieto y pensativo, los que a esa hora
paseaban por la playa de Confín, porque en días claros

desde allí se divisaba la Isla de la Media Lluvia, que ya no era tal, porque nada es como antes era, cuando una leyenda se vuelve realidad. Y alguno de los paseantes comentó:

—*Mira, es Valdemar de los Ríos, ¡si parece una escultura!*

Los peces de colores

También Miguel Estragón se acercó aquella tarde hasta la playa, por ver si el cartero había cumplido con su tarea del día, y como todos los demás, lo vio sentado y pensador, tan absorto que para llamar su atención echó a volar las campanas de la torre de la plaza de Confín.

Valdemar escuchó el familiar toque con que se lo requería en Correos: dos campanadas, tres y dos otra vez. Se levantó presto, subió al bajel pirata y puso rumbo a Confín para presentarse ante su jefe.

Eran buenas noticias las que leyó en un bando real Miguel Estragón y muy importantes para Valdemar:

«Valdemar de los Ríos, Cartero del Mar: por expreso deseo de su majestad, la princesa Rosaclara, te nombro Oidor del Reino, porque oyes todas las voces y te encargo que realices un Censo para saber con cuántos podemos contar aquí, en la tierra, y también en el mar.»

Orgulloso de su nueva responsabilidad, Valdemar se empeñó en la tarea de contar a todos y de contarlo a su manera, aunque atendió al consejo de Paco Drac, viejo lobo marino, que le recomendó hacer según la vieja costumbre de las gentes de su oficio:

—*Las mujeres y los niños, primero, ya lo sabes.*

Y así lo hizo, y cuando tuvo las cuentas hechas, escribió en su estilo sencillo y directo, respetuoso con la intimidad ajena:

«En Confín —consignó—, *vivimos una inmensa canti-*

*dad de gentes buenas de corazón y de palabra, que habitan
su casa y su nombre propio.»*

En el apartado de edad anotó, *son muchas sus edades
vividas y muchas las que tienen por vivir.*

En la casilla de profesión apuntó: *«Cada cual se dedica
a lo suyo, que a nadie importa lo que haga cada uno, mientras respete a los demás.»*

Luego sumó y añadió descripciones de las criaturas de
maravilla que vivían en lo más profundo del mar y en lo
más alejado de la costa de Confín.

Por último, antes de firmar y entregar el resultado del
Censo, escribió en letra gótica, para que destacara del resto:

«Lo demás son peces de colores», y entre paréntesis, **«(a quienes pienso dedicar desde ahora mucha atención).»**

Porque a contar peces de colores es a lo que Valdemar
se dedica mientras espera. Haciéndolo, teje el sueño del
regreso de Vera, la que fuera y ya no es Trenza-roja, la
sirena.

Índice